틈이 있기에 숨결이 나부낀다

박설희 산문집

틈이 있기에 숨결이 나부낀다

초판 1쇄 발행 · 2023년 1월 2일
초판 2쇄 발행 · 2023년 6월 12일

지은이 · 박설희
펴낸이 · 한봉숙
펴낸곳 · 푸른사상사

주간 · 맹문재 | 편집 · 지순이 | 교정 · 김수란, 노현정 | 마케팅 · 한정규
등록 · 1999년 7월 8일 제2-2876호
주소 · 경기도 파주시 회동길(서패동) 337-16
대표전화 · 031) 955-9111(2) | 팩시밀리 · 031) 955-9114
이메일 · prun21c@hanmail.net
홈페이지 · http://www.prun21c.com

ISBN 979-11-308-2003-3   03810
값 16,500원

푸른사상
산문선

47

틈이 있기에 숨결이

나부낀다

박 설 희
산 문 집

푸른사상
PRUNSASANG

"안녕하세요? 저는 열 살이에요. 라디오를 듣는 엄마를 따라 자주 듣다 보니 '사연'이라는 낱말을 알게 됐어요. 그래서 오늘은 저도 '사연'을 보내요."

자주 듣는 라디오 음악 프로그램에서 흘러나온 이야기다. 내가 '사연'이라는 단어의 뜻을 처음 알게 된 게 언제였을까? 운명, 고독, 인연, 욕망 등 지금은 너무 익숙하게 상투적으로 쓰고 있는 낱말들도 처음 만났을 때에는 무척 낯설면서도 매혹적으로 느껴졌을 것이다. 언어에 대한 설렘이 있었기에 글 쓰는 업을 갖게 된 게 아닌가.

시대가 바뀌면 언어 환경도 바뀐다. 열 살 어린이의 '사연'처럼 요즘 내가 새로 알게 된 낱말은 무엇인지, 어떤 단어 앞에서 전율했는지 곰곰 되새겨본다.

서른까지 살 수 있을까, 그런 생각을 한 적이 있다. 살아가는 것이 매 순간 이토록 아프고 힘든데, 심장이 터지지 않고 폐가 쪼그라들지 않고 장이 타들어가지 않고 서른을 넘는다면 대충 살았거나 강자(強者)일 거라고. 그래서 나이 든 사람들은 나이가 들었다는 그

한 가지만으로도 존경을 받아야 한다고 생각했다.

　'사연'은 대개 상처와 연결돼 있다. 개인사로 인한 것이든 사회나 국가 차원의 사건으로 인한 것이든 상처들은 쉬 낫지 않고 공감과 연대를 부른다. 사연들이 나를 선택하고 나는 그것들을 받아 적는다.

　대한민국의 시인으로 살면서 10여 년이 넘게 발표한 글을 묶는다. 시집과는 또 다른 두려움과 망설임과 설렘을 가진 채 세상에 내놓는다.

2022년 12월
박설희

작가의 말

차례

틈이 있기에 숨결이 나부낀다

2부 재앙의 언어, 치유의 언어

3부   삶이 더 부족하다

틈이 있기에 숨결이 나부낀다

1부

스스로 빛나기

충혈

삶의 피로가 극에 달한 날엔 바다가 그립다. 바다는 비속하지 않아 좋다. 어떤 흔적도 간직하지 않기에 내가 다녀간 흔적도 남지 않으리라. 바다는 생명을 가꾸는 푸른 목장이자 영혼의 대장간이다.

어느 바다를 만나러 갈까 궁리하다가 궁평항으로 향했다. 궁평항은 집에서 가장 가까운 거리에 있는 바다인데 비봉과 마도를 거쳐 화성의 너른 들판을 가로질러 가야 한다. 비워져 황량하게 다가오는 들판을 보며 마음이 편안해진다. 앙상한 줄기와 가지가 가득 펼쳐진 포도밭은 짙은 보랏빛 포도알의 밑그림을 그리고 있는 듯했다.

평일임에도 불구하고 사람들이 많았다. 가설무대에선 노래자랑 대회가 열리고 있고 한켠에서는 각설이가 가위를 찰칵이며 노래와 춤을 선보이고 있다. 군것질거리나 장난감 등을 파는 손수레와 짐

차들이 뒤엉켜 조금만 한눈을 팔아도 뭔가에 부딪치기 십상이다. 한가롭게 바다를 바라보고 싶어서 나선 길이라 날을 잘못 잡았다고 생각하며 방파제 쪽으로 발길을 옮겼다.

2월에 부는 바람 끝이 매서웠다. 방파제로 갈수록 박수와 함성, 웃음소리들이 점점 커졌다. 여느 항구나 포구에서 쉽게 보듯이 사람들이 몰려 있는 주변에 갈매기들이 수십 마리 선회하고 있다. 던져주는 과자를 공중에서 날쌔게 잡아채는 괭이갈매기의 뾰족한 부리는 겨냥에 실패하지 않았고 눈초리는 날카로웠다. 근처에 있는 음반 판매 트럭에서 울려 나오는 트로트 메들리까지 가세해 무척 소란한 분위기다.

바람이 점점 세차게 불었다. 방파제 끝까지 가는 걸 포기하고 그냥 집에 돌아가려고 몸을 돌렸다. 자동차들과 사람들, 온갖 소음이 엉킨 속에서 가만히 있어도 바람에 등이 떠밀려 가는 형국이었다. 추워서 몸이 떨려오기까지 했다.

그런데 발걸음을 멈출 수밖에 없는 장면이 눈에 들어왔다. 지상에서 10미터도 채 안 되는 공중에 가만히 떠 있는 갈매기가 있다. 아니, '가만히'라는 말은 잘못된 표현이다. 세차게 부는 바람에 떠밀려 가지 않으려고 그 갈매기는 혼신의 힘을 다하고 있었다. 몸이 부들부들 떨리는 게 보였다. 바람이 깃털마다 파고들어가 자신의 의지대로 갈매기를 조종하려고 들었지만 양 날개를 힘껏 쫙 펴고 필사적으로 버티고 있었다.

틈이 있기에 숨결이 나부낀다

내 귀에는 이제 주변의 소음이 들리지 않았다. 세찬 바람도 문제
될 것이 없었다. 무리에서 떨어져 나와 홀로 바람 속에 멈추어 선
갈매기 한 마리에 온통 시선을 빼앗긴 것이다.

어릴 때 읽은 책 중에 리처드 바크의『갈매기의 꿈』이 있었다. 다
른 갈매기들이 먹이 활동을 하기 위해서만 비행을 하는데 유독 조
나단이라는 갈매기만 먹이 활동과는 상관없이 비행 자체를 목표로
삼고 더 높이 더 멀리 더 빠르고 멋지게 날기 위해 맹훈련을 하다가
결국 자기 한계를 넘어서는 데 성공한다는 내용이었다. 그 책의 내
용 중 일부는 이해하기 힘들었고 어떤 점에선 관념적이었지만 갈매
기 조나단은 내게 깊은 인상을 남겼다. "가장 높이 나는 새가 가장
멀리 본다"는 구절은 두고두고 뇌리에서 사라지지 않았다. 리처드
바크는『야간비행』과『어린 왕자』를 남긴 생텍쥐페리처럼 비행기 조
종사였다고 한다. 그래서 '비행'에 대해서 남달리 관심이 많았을 것
이고 그것을 문학적으로 형상화한 것이리라.

그런데 지금 저 갈매기를 보니 조나단처럼 먹이 활동이 아닌, 비
행 자체가 목표인 갈매기가 실제로 있을 수도 있겠다는 생각이 순
간적으로 들었다. 남들과 동떨어져서 자기만의 날갯짓을 연마하는
갈매기.

갈매기의 눈동자는 바다를 향해 있다. 그러니까 나는 그 갈매기
의 측면과 후면만 볼 수 있었다. 갈매기는 바다를 향해 시선을 고정
시킨 채 공중에 떠서 온몸을 부들부들 떨며 바람에 떠밀리지 않으

려 애쓰고 있다. 바람이 양 날개와 몸통의 깃털을 낱낱이 부풀리는데 그 부력을 이겨내려 하고 있다.

다들 한 방향으로 가고 있을 때 그 흐름에 떠밀려 가지 않고 멈춘다는 것은 무척 어려운 일이다. 그건 속도와 흐름에 저항을 해야 가능하다. 떠밀리면 모든 게 끝이라는 듯 부리를 꽉 다물고 침묵으로 그가 저항하려 한 것은 무엇일까.

갈매기의 시선이 뚫어지게 닿은 곳에는 물결이 거친 비늘처럼 온통 일어난 바다가 있었다. 바람은 바다의 물결조차 부풀려놓아 바다 표면이 거칠고 황량해 보였다. 출렁이긴 하지만 꿈쩍 않는 바다, 지구가 생긴 이래로 숱한 바람이 불고 지진이 흔들고 화산이 폭발했지만 출렁이면서도 의연히 제자리를 지키고 있는 바다였다. 그 순간 알 것 같았다. 이 갈매기는 바다를 닮고 싶은 게 아닐까. 세계와의 대결 의지.

먹고사는 문제가 가장 큰 화두로 여겨지는 요즘, 정신과 영혼의 고양을 위해 애쓰는 사람이 얼마나 있을까. '시련이여, 오라. 내가 다 받아주겠다.' 시련과 고통이 한 차례 휩쓸고 지나갈 때마다 점점 강건해지는 정신의 소유자, 잘 먹고 잘 사는 세속적 목표가 아니라 어떤 상황이 와도 쓰러지지 않는 강인한 영혼이 되겠다든가 하는 목표를 가진 삶 말이다. 시류에 영합하지 않고 자신이 정해놓은 목표를 향해 침묵 속에 노력하는 모습을 한 마리 작은 갈매기를 통해 본 것이다.

틈이 있기에 숨결이 나부낀다

바람과 추위에 밀려 내가 다시 발걸음을 옮길 때까지 갈매기는 날개를 꺾을 듯 몰아치는 바람 속에 한사코 버티며 세상의 바람은 다 와보라는 듯 여전히 바다를 향한 채 멈추어 있다. 부들부들 떨리는 몸으로 공중에 닻을 내린 듯.

깃털에 싸여 보이지는 않지만 저 자그마한 몸뚱이가 얼마나 충혈돼 있을지 짐작이 갔다. 마침 석양 무렵이라 바다는 잔물결 낱낱이 불타오르고 있다. 그 붉은 빛은 갈매기의 눈에서 타오르고 다시 세상으로 번져나가고 있다.

신발

첫 출근을 하는 딸의 뒷모습을 본다. 새 구두, 새 바지, 새 외투……. 어떤 길도 걸어본 적 없는 저 구두를 신고 아이는 어떤 길을 걷게 될까. 아스팔트와 보도블럭과 흙길을 걸으며 때로 발뒤꿈치가 까지고 발톱에 피멍이 들고 발바닥이 화끈거리기도 할 것이다. 가기 싫은 길, 가야 할 길, 가고 싶은 길 사이에서 포기할 것과 선택할 것을 가릴 테고 그 길 위에서 누군가를 만나서 사랑에 빠져 얼마 지나지 않아 제 분신을 데리고 또 다른 길을 걷고 있을 것이다.

늦지 않으려 부리나케 현관문을 닫는 소리를 들으며 돌아서는데 문득 생각나는 사람이 있다. 때 묻은 운동화를 손으로 빨면서 '이 신발을 신고 아이가 길을 잃지 말고 학교를 제대로 찾아갔으면, 학교에서 올 때에도 헤매지 말고 집을 제대로 찾아왔으면' 하는 생각을 수없이 한다고 했다. 지적장애아를 둔 어머니였다. 아이들이 학교에 가 있는, 하루 중 유일한 자기만의 시간에 복지관에서 진행하는 문학 강좌에 나온 것이다. 매시간 그들의 고통이 고스란히 전해져 같이 울기도 하면서 진행했던 수업이었다.

아이의 운동화를 빨며 그렇게 간절한 마음이 돼본 적이 있었던가. 내게는 너무도 당연한 일이 누군가에게는 기적이었던 것이다.

가장 충격적이었던 것은 '내일 지구가 멸망한다면 무엇을 하겠는가'라는 질문에 대한 대답이었다. 한 그루의 사과나무를 심겠다, 평소 해보지 못했던 것을 해보겠다, 사랑하는 사람과 함께 지내겠다 등의 대답을 기대했던 것인데 한 어머니가 "춤을 덩실덩실 추겠다"고 했다. 그 이유를 묻자 자신이 먼저 죽으면 저 아이를 누가 돌보나 늘 걱정인데 같이 죽을 테니 그런 축복이 어디 있겠느냐는 것이었다. 그 한마디에 모든 것이 담겨 있었다. 개인이 감당할 수 있는 한계를 넘어서는 고통을 짊어지고 있는 것이었다.

그 강의가 끝난 이후에 나는 평범한 내 아이가 잘 자라주는 것만으로도 고마웠고, 비뚤어지지 않고 커가는 것만으로도 만족했다. 행복이란 게 별것 아니었다.

신발 생각을 하다 보니 또 하나 떠오르는 신발이 있다. 아버지에게 처음으로 사드린 가죽 구두. 갓 결혼한 내가 큰마음 먹고 사드린 유명 메이커 제품이었다. 아버지는 그걸 아끼느라고 친척들 결혼식에나 신었기에 거의 새것과 다름없었다. 집에서 돌아가신 아버지의 상을 그대로 집에서 치렀는데 4월 초 늦은 봄눈이 내려 까만 구두에 소복이 내려앉았다.

친정 부모님과 우리 부부가 함께 살던 그 빌라는 1층에서 3층까지 개방형 계단이어서 눈이나 비가 오면 밖이나 마찬가지였다. 3층 계단참에 내놓았던 구두에 밤새 눈이 쌓였는데 구두코에 내려앉은 눈은 바람에 다 날아가 버리고 발이 들어가는 움푹한 부분에만 하얗게 눈이 쌓여 있었다. 55세에 질병으로 돌아가신 아버지 대신 흰 눈이 그 구두를 신고 있었다. 순결한 발. 어떤 고통이나 괴로움이 없을 발.

아버지가 돌아가시고 난 후 다음 해에 태어난 아이가 오늘 첫 출근을 한 것이다. 정규직도 아니고 인턴으로 출근하는 것인데 제 아빠가 사준 구두를 신고 바쁘게 현관문을 밀치고 나가는 뒷모습이 오래 가슴에 남는다.

새 구두라는 게, 발가락도 좀 까지고 발뒤꿈치도 까지고 하면서 발과 구두가 서로 가장 편한 형태로 변형되면서 형태가 완성된다. 이리저리 부대끼다 어느 시점에 이르러 편해지는 그 과정이 세상살이와 많이 닮았다. 몇십 개의 구두를 갈아 신을 즈음엔 은퇴할 나이가 되고, 구두를 신고 공원 벤치에 앉아 주변의 꽃이나 지나가는 사람들을 바라보기도 한다. 그런데 그렇게 앉아 무심코 시선을 던지다 보면 젊은이들에게 종종 오해도 산다. 나이가 들면 눈도 귀도 어두워지기 마련이다. 잘 안 보이니까 한 곳을 집중해서 뚫어져라 보게 되는데 특히 젊은 여자들은 자신을 빤히 들여다보는 것 같은 시선에 예민하게 반응을 한다.

그리고 점점 더 늙어감에 따라 움직이는 시간보다 움직이지 않는 시간이 더 많아진다. 마치 식물인 것처럼. 그래서 나는 노인들의 신발이 화분 같다는 생각을 한 적이 있다.

이제 내가 출근할 차례다. 요즘 나는 트레킹화를 주로 신고 다닌다. 일단 발이 편하고, 오래 신고 다녀도 피곤하지 않으며, 평지나 들길 산길 아무 데나 이 신발 하나로 다닐 수 있으니 만능이다. 공식적인 자리나 강의할 때 단화를 신는 것을 제외하고는 늘 한 가지 신발이다.

아이가 나간 지 얼마 되지 않아 밖에 나오니 아파트 단지에 펄펄 눈이 내리고 있다. 코끝에 뭔지 모를 향긋함이 감돈다. 활짝 핀 목련꽃이 눈 속에서 장관을 이루고 있다. 자세히 보니 벚꽃눈이다. 바람이 강하게 불어서 며칠 전부터 만개해 있던 벚꽃이 펄펄 휘날리며 지상에 작별을 고하고 있는 것이다. 아이가 이 길을 걸어 첫 출근을 했구나. 힘들고 지칠 때 주변에 꽃이 있어 딸에게 위로를 주고 힘을 불어넣어 주었으면 좋겠다.

몸 한 채 짓고
허무는 일

평생 방 한 칸 전전하다가 모처럼 당신의 명의로 집 한 채 등기해놓은 지 일 년도 채 안 돼 돌아가신 아버지의 새 집은 흙으로 쌓아올린 집이었다. 이름과 번지가 적힌 문패를 마련하고 부슬거리는 흙 위에 뗏장을 덮어 그것들이 그물처럼 뿌리를 뻗어가며 자리를 잘 잡아가기를 기대했다.

그런데 급작스레 마련한 아버지의 새 처소는 가파른 산꼭대기 부근이었고 내가 일 년에 한두 번 벌초하는 것으로는 잡초가 자라는 속도를 따라잡을 수가 없었다. 벌초하기 며칠 전부터 심란해졌고 헐떡거리며 산소에 도착해서는 자랑처럼 무성한 풀에 기가 막혔다.

'아버지, 고작 억센 잡초나 키우셨네요. 그곳도 이 땅에서 사는 것만큼이나 쉽지 않은 곳인가 봐요.'

말도 되지 않는 투정을 부리며 내 키를 훌쩍 넘긴 풀들을 땀 뻘뻘

흘리면서 낫으로 자르거나 뿌리째 뽑다 보면 얽힌 감정들이 가라앉고 잡념들이 뽑혀 나가곤 했다. 아버지의 몸은 지금쯤 어떻게 되었을까. 몸이 흙이 되는 데 어느 정도의 시간이 필요한가. 몸은 어떻게 생겨나고 소멸하는가. 벌초를 전후한 시간은 이런저런 생각들로 꽉 채워졌다. 그리하여 화두가 돼버린 아버지의 몸.

이름 모를 풀 대궁이를 움켜쥐고 풀리지 않는 과제에 매달리듯이 온 힘을 다해 베던 어느 순간, 끊임없이 풀을 키워내고 사마귀와 지네를 길러내는 것이 아버지의 몸 아닐까 하는 생각이 문득 들었다. 풀 한 포기, 꽃 한 송이가 아버지의 몸바꿈이라는. 아버지가 남긴 내 몸처럼.

내가 땅 위의 내 과제에 골몰한 것처럼 흙 속의 몸도 스스로를 흩뜨려 새로운 몸을 만드는 과제에 골몰해왔으리라. 몸은 몸의 법칙대로 만들어지고 소멸해가고, 거기에 인간의 의지가 개입될 여지가 별로 없어 보였다. 그러니 완강하다고 할밖에.

벌초가 끝난 후 군데군데 파이고 흙이 드러난 봉분은 솜씨가 형편없는 이발사에게 맡겨진 머리 같았다. 그래도 조금은 가벼워진 기분으로 산을 내려가는 내 발걸음은 후들거렸고 온몸은 땀에 절어 있었다. 길 옆 도랑에서 흐르는 물에 손을 씻다가 이 물에도 아버지의 몸이 흐르겠거니 하는 생각을 하며 허리를 펴면 산등성이에 온통 발긋거리는 진달래가 눈에 들어오곤 했다. 그것은 대지와 하늘—세계라는 거대한 몸에 난 발진이었다.

몸 한 채 짓고 허무는 일

한동안 잊고 지냈던 '아버지의 몸'이 다시 내 화두가 된 것은 묘지 관리 사무소로부터 걸려온 한 통의 전화 때문이었다. 며칠 전 폭우가 내려서 산사태가 났는데 그 흙더미에 떠밀려 관이 지표면으로 드러났다는 것이다. 유실될 우려가 있으니 개장을 해서 이장을 하든지, 화장을 하라고 했다.

아버지의 몸을 다시 직접 마주해야 한다니 두려웠다. 얼마 전 외할아버지의 개장 모습을 묘사한 막내 이모의 말이 귀에 쟁쟁거렸다.

"개장하는 모습을 보기가 두려워 나는 못 가고 이모부만 산소에 올라갔어. 그런데 막상 묘를 열어보니 다른 데는 육탈이 다 되었는데 오른쪽 다리가 곰팡이 슨 채로 거의 육탈이 안 되었더래."

걸어가야 할 많은 길들이 남아 있었던 걸까. 한동안 외할아버지의 오른쪽 다리가 머릿속을 떠나지 않다가 겨우 잊고 있던 참이었다. 언제 또 비가 쏟아질지 몰라 머뭇거릴 시간이 별로 없었다.

며칠 후, 몇 삽을 뜨자마자 관이 드러났고 뚜껑은 맥없이 열렸다. 아버지가 다 삭아가는 수의 자락을 덮고 누워 계셨다. 이상하게도 거기에는 침범할 수 없는 평화가 있어서 상상했던 것처럼 무섭지도, 징그럽지도 않았다. 머리뼈 부분만 약간 불그스레할 뿐 전체적으로 착하고 곱게 삭은 아버지를 담담히 지켜보았다. 장갑을 낀 네 개의 손이 조심조심 종이 상자에 유골을 추려 담았다. 라면 상자 크기의 공간도 넓었다. 식도암으로 돌아가신 아버지는 원체 말랐고 20년 가까이 땅속에서 육탈의 과제를 성실히 해내었던 것이다.

틈이 있기에 숨결이 나부낀다

아버지의 유골이 담긴 상자는 놀라울 정도로 가벼웠다. 상자를 안고 조심조심 산에서 내려왔다.

원래 아버지의 유언은 화장해달라는 것이었다. 하지만 무남독녀 외동딸인 내 입장에서 55세에 돌아가신 아버지를 그렇게 보내드리기에는 너무 서운했다. 그래서 매장을 선택했던 건데 일이 이렇게 되고 보니 아버지께 너무 죄송했다. 두 번 번거롭게 해드린 것 같았다.

화장장에서 아버지의 몸이 뜨거운 열을 견디는 동안 나는 의자에 우두커니 앉아 있었다. 몸을 가지고 태어난다는 것이 서럽다는 것, 몸을 짓는 것도 오래 걸리지만 허무는 일도 무척 어려운 일이라는 것 등을 생각하며.

이윽고 아버지의 전부가 가루가 되어 내 품으로 돌아왔다. 산골 (散骨)을 위해 흰 장갑 낀 손을 가루 속에 넣었을 때 아직도 불기를 품은 듯 뜨거운 열기가 확 느껴졌다. 서걱서걱하고 묵직한 느낌이 드는 회색 가루는 내 손을 떠나서 펄펄 날리다가 제자리를 찾았다는 듯 나무, 풀, 흙에 내려앉았다.

돌아서는 등 뒤에서 이제서야 끝났다는 안도의 한숨이 들리는 듯했다. 그 순간 확연하게 깨달았다. 세상과 불화했던 아버지처럼, 아버지가 남긴 몸을 이끌고 나 역시 덜그럭거리며 살아가야 하리라. 그리고 언젠가 내게도 몸을 허무는 과제가 주어지리라는 것을.

몸 한 채 짓고 허무는 일

근육론

세상의 중심은 내가 있는 곳이고 내 중심은 몸이 아픈 곳이다. 몸이 아프면 모든 신경이 그리로 쏠린다. 그래서 어떤 시인은 "아픈 곳에 자꾸 손이 간다"는 시를 지었나 보다. 손만 갈까, 지속적으로 아프면 온갖 감각이 그리로 향하고 심지어 망상이 자리를 잡기까지 한다. 사람이 자신에게 몸이 있다는 것을 자각하게 되는 것은 어딘가 불편해질 때부터다.

허리가 아파서 2, 3년 고생한 적이 있다. 몸도 기우뚱하니 직립이 안 될뿐더러 앉으나 서나 괴롭고 심지어 누워서도 통증 때문에 잠을 잘 수가 없었다. 허리 통증으로 죽었다는 사람은 없으니 죽지는 않겠지만 이렇게 살아서 뭘 하나 하는 비관적인 생각까지 들었다. 온갖 치료와 약이 무익했다. 원인은 디스크 파열로 신경이 눌려서라는데 주변에선 재발이 쉽다며 수술을 말렸다.

틈이 있기에 숨결이 나부낀다

허리 통증에 용하다는 사람들을 찾아다닌 지 반년이 지날 무렵 심신이 지칠 대로 지친 나는 어느새 집 앞 정형외과 진료실에 다시 앉아 있었다. 그때 의사 선생님 왈 "수영하세요". 수영을 배운 적이 없었고 탈의실에서 옷을 갈아입어야 하는 복잡한 절차가 너무 싫었던 나는 야단치듯 하는 그분의 채근을 다시 받고서야 굳은 결심을 하고 수영장에 다니기 시작했다. 그래도 중력을 덜 받는 물속에서는 통증이 덜했으므로 은근과 끈기로 호흡법과 영법을 배웠다. 그런 지 4개월쯤 지났을까. 물 위에 떠 있는데 감쪽같이 통증이 사라졌다. 통증은 슬금슬금 사라지는 게 아니라 갑자기 증발한다는 걸 그때 알았다. 이른바 기립근이라는 등근육이 그사이 생겨나서 척추를 지탱해준 것이다. 우리의 중심을 바로잡고 뼈를 지탱하는 데 근육의 역할이 그만큼 크다는 것을 처음 알았다.

어디 몸만 그럴까. 우리는 '근육' 하면 아널드 슈워제네거 같은 강인한 전사를 떠올리지만 주위를 둘러보면 땅에도 근육이 있다. 사람들이 밟고 밟아서 희고 단단하게 떠오른 길이 바로 그것이다. 시간의 옷을 입은 돌담에도 울퉁불퉁한 근육이 있다. 스러졌다 뭉치는 안개의 근육, 약속 잊지 않고 이맘때 꼭 찾아와주는 꽃의 근육, 누웠다 일어나는 풀의 근육…….

눈에는 보이지 않지만 감정이나 생각에도 붙잡아주고 지탱해주는 근육이 필요하다. 그래야 균형 잡힌 생각이나 절제된 감정을 갖게 된다. 삶에 근육이 없다면 어느 날 문득 기우뚱 쓰러져버릴지도

근육론

모른다. 하루하루 근근이 연명하는 재미없는 삶을 살게 될 수도 있다. 시에도 근육이 있어야 읽는 이의 마음과 영혼을 흔들어 깨울 수가 있는 것이다. 몸의 근육을 키우기 위해서 근력 운동을 꾸준히 해야 하듯이 보이지 않는 근육들을 위해서 독서나 여행 등이 필요한 이유이기도 하다.

얼마 전에 있었던 일이다. 한글 중급반에 다니며 이제 막 읽고 쓰는 데 재미를 맛보고 있는 분에게 소감을 묻자 다음과 같이 대답하는 것이었다.

"이제 비로소 실눈을 떴어요."

그 순간 "실눈을 떴"다는 표현이 무척 신선하게 다가왔다. 운동에 실눈을 뜨고 공부에 실눈을 뜨고 연애에 실눈을 뜨고 시에 실눈을 뜨면서 우리의 삶이 이어져가는 게 아닌가. 그분은 지금 언어의 근육을 키우고 있는 것이다. 사정없이 내 가슴을 비집고 들어온 그 언어에 속이 울렁거렸다.

그날 저녁 창밖을 보니 하늘에 떠올라 실눈 뜬 달이 세상을 더듬더듬 읽기 시작하고 있었다. 조금은 컴컴하지만 조용하고 신비로운 푸른빛을 띤 세계가 그 아래 펼쳐져 있었다.

스스로
빛나기

한꺼번에 팝콘처럼 피어난 아파트 단지 안의 벚꽃을 보면서 저
많은 꽃을 피워내느라 힘들었을 나무의 노고를 생각하게 된다. 꽃
한 송이를 피우는 데에도 무척 많은 에너지가 필요하다고 하니 이
즈음의 나무들은 발전소인 셈이다. '봄은 땅에서 오고 가을은 하늘
에서 온다'고 했는데 나무들은 봄을 가지 끝까지 끌어올리느라 야
생화들보다 개화에 시간이 더 많이 걸린 것이다.

젊은이들에게 '봄' 하면 가장 먼저 떠오르는 꽃을 물어봤더니 대
부분 벚꽃이라고 대답했단다. 그 이유는 벚꽃이 화려해 눈에 잘 띄
는 데다가 지구 온난화로 벚꽃 개화 시기가 일주일가량 앞당겨졌기
때문이라고 한다. 개나리와 진달래가 봄의 전령인 것처럼 여겨지던
시절이 벌써 아득하다.

법정 스님 수필을 읽다가 보니 화초를 무척 사랑했던 마음이 곳

곳에 묻어난다. 난초를 애지중지 보살피다가 거기에 얽매여 외출조차도 불편하게 될 정도였다고 한다. 결국 꽃에 대한 사랑도 집착임을 깨닫게 된 스님은 난초 화분을 다른 사람에게 주어버린다. 또 한 번은 일하는 사람이 제초제를 영양제로 잘못 알고 뿌리는 바람에 아끼던 장미꽃이 죽자, 마음 아파하다가 남아 있는 꽃들을 다른 데로 옮겨 심게 한다. 그 빈 뜰에 시간이 흐르자 야생화들이 피어난다.

꽃들이 수런거리며 문을 여는 시간, 애처로운 마음에 "혼자서 피게 할 수 없어" 달맞이꽃 옆에서 여름내 어둠이 내리는 뜰을 서성거리는 스님. 이게 자비심일 게다. 함께 겪는 것. 비 오는데 가장 고마운 사람은 우산을 내미는 사람이 아니라 같이 비를 맞아주는 사람이라지 않은가. 타자의 아픔이 내 아픔이 될 때 우리는 돈이나 효율성의 잣대를 들이대지 않을 것이다.

법정 스님의 글을 읽으면서 늘 번잡스럽기만 한 내 마음의 뜰을 떠올려본다. 마음에도 여백이 있어야겠다. 더 움켜쥐려고만 하지 말고 햇빛 한 줌, 바람 한 줌 그리고 몇 송이의 달맞이꽃, 나팔꽃, 메꽃 등이 피어 있는 빈 뜰을 두어야겠다.

이왕 꽃에 대한 이야기가 나왔으니 말이지만 마당이나 베란다에 키우는 크고 화려한 화초들보다는 산과 들에 피어나는 야생화가 나는 더 좋다. 이른 봄 북사면 계곡 주변에 얼음이나 눈을 비집고 피어난 복수초, 모데미꽃을 발견했을 때의 기쁨이란 이루 표현할 수 없다. 얼레지 잎은 땅 위로 솟아나면서 돌돌 말린 뾰족한 잎으로 제 위에 덮인 낙엽을 뚫어버린다. 그리고 잎이 점점 넓적하게 퍼지면서 낙엽을 갈가리 찢는다. 작고 여려만 보이는 외모에서 어떻게 그리 강한 생명력이 숨어 있는지…….

야생화에 대한 관심과 사랑은 독일 시인 라이너 쿤체의 시에서도 읽을 수 있다. 그는 「은엉겅퀴」라는 시에서 "남에게 그림자 드리우지" 않고 "남들의 그림자 속에서 빛나"는 존재라고 엉겅퀴를 노래하고 있다.

제 키를 높여 햇빛을 독차지하려는 무한경쟁 사회에서 아무에게도 피해를 주지 않고 스스로 빛나는 생존 전략. 라이너 쿤체는 "시란 조용한 인식을 매개하는 '맹인의 지팡이' 같은 것"이라고 했다. 평소 깨닫지 못하는 존재의 비밀을 드러내주는 이런 시를 만날 때 내 정신도 함께 고양된다.

"나의 의문을 풀어주는 데는 열 권의 철학책보다 창가에 핀 한 송이 나팔꽃이 낫다"는 휘트먼의 말을 생각하며 이 봄, 한 송이 꽃과 깊게 눈을 마주쳐본다.

세상을
보는 방식

　살아가다 보면 예기치 않은 시선과 종종 맞닥뜨린다. 예를 들면 마트에서 장을 보다가 물건의 위치를 묻느라 직원을 불러 세우면 그들의 시선은 십중팔구 손수레에 실린 상품들로 갔다가 내게로 돌아온다. 그는 순간적으로 내 소비 성향과 경제 수준을 한눈에 파악했을 것이다. 상품들이 손수레에 실려 있는 상태를 보아 어쩌면 내 성격까지 간파했을지도 모른다.

　동네 미용실에 갔을 때의 일이다. 새로 주인이 바뀐 후 두 번째로 간 것인데 말없이 머리를 만지던 원장이 뜬금없이 "글 쓰는 일을 하세요?"라고 묻는다. 나는 저이가 그걸 어떻게 알았을까 깜짝 놀랐다. 뒤이은 설명에 따르면 머리를 쓰는 일을 많이 하는 사람은 머리에 열이 많아 머리카락이 건조해서 푸석푸석하게 된다고 한다. 또 사람이나 사물을 바라볼 때 일반인과 달리 시선이 깊다는 것이다.

50대 후반으로 보이는 그이의 말에 나는 그저 고개를 끄덕일 뿐이었다. 한 분야에 오래 종사하다 보니 사람을 파악하는 방법도 남다르다 싶었다. 머리카락으로 그 사람의 직업이나 하는 일을 알아보는 것은 일종의 기술일까? 그러나 누구나 그러하지는 않을 것이다. 치밀한 관찰력이 바탕이 돼야 가능할 것이다.

우리들은 각자의 시선으로, 방식으로 세상을 본다. 명품을 좋아하는 사람은 처음 만나는 사람이 어떤 명품을 걸치고 있는지, 몇 개의 명품을 가지고 있는지에 따라 그 사람을 판단할 것이다. '지방시(givenchy)'를 '기븐키'로 잘못 읽는 나 같은 사람과는 상종도 안 할 것이다. 자신의 실수를 뒤늦게 알고는 되려 "사람이 명품인데 무슨 명품이 필요하냐"고 큰소리치는 뻔뻔함은 더 못 참겠다고 할 것이다.

문예창작학과에 입학해 소설을 쓰겠다고 하는 학생들이 '쓰기'부터 배우는 것이 아니라 '보는 법'부터 배우는 것을 본 적이 있다. 일단계가 관찰하기인데, 지하철에서 맞은편에 앉아 있는 사람의 신발을 면밀히 살펴보고 나이 · 직업 · 취향 · 성격 등을 추측한 후 그 다음에는 옷을, 마지막에 얼굴을 보고 그 사람의 삶을 재구성해보라는 과제를 내준다. 사물, 인물, 사건 등을 평면적으로 보지 않고 이면을 들여다보는 습관은 이렇게 형성이 된다. 찬찬히, 꼼꼼히 들여다보기.

원근법으로 대변되는 서양미술은 서양인들이 세상을 바라보는 관점과 사고를 반영한다. 고정된 위치에서 최적의 시점을 찾아 바

　　　　　　　　　　　　　세상을 보는 방식

라보는 것은 주체의 위치와 시선이 모든 것을 장악하게 되며 주체의 관점이 강조될 수밖에 없다. 동양화의 경우에는 산점투시라고 해서 시점의 위치를 바꾸어가면서 관찰한 여러 대상을 하나의 화면에 조화시켜 그리기도 한다. 세상은 유기적으로 연결되어 있기에 사물을 제대로 인식하려면 하나의 시점만 가지고는 부족하다는 생각에서다.

무용가들은 어떤 시선으로 세상을 바라볼까? 9박 10일간 신연암 로드 기행을 함께 한 무용가는 사람들의 몸짓이 직업에 따라서 다르고, 체제와 사회에 따라서도 다르다고 했다. 예를 들면 작가들은 글을 쓰느라 팔꿈치가 늘 구부러져 있기 때문에 팔꿈치가 쫙 펴지지 않는다고 했다. 북한과 같은 통제 사회, 폐쇄적 사회일수록 사람들의 의식이 갇혀 있기 때문에 몸짓도 그에 따라 굳어 있고 딱딱하다고도 했다.

그 무용가, 안은미의 '북한춤' 공연이 얼마 전 아르코예술극장 대극장에서 있었다. '북한춤'이라는 춤이 별도로 있는 건 아니니 북한에서 이루어진 공연예술 자료를 검토하고 평소 화면에 비치는 북한 사람들의 몸짓을 유심히 살펴서 재구성했을 것이다. 국제적 교류로 인해 서양 무용의 영향을 많이 받은 우리와는 달리 '북한춤'의 동작은 절도 있고 역동적으로 보였다. 공연을 보며 우리 사회의 몸짓과 춤이 타자에게서 어떤 모습으로 발견될지 궁금했다. 이왕이면 매의 눈과 따뜻한 가슴을 가진 시선이면 좋겠다.

틈이 있기에 숨결이 나부낀다

오늘도
항복하세요

자동차를 타고 대형마트 4층 주차장에서 출구를 향해 내려가는데 "오늘도 항복하세요"라는 문구가 1층 출구 천장에 매달려 있다. 깜짝 놀랐다. 항복하라니, 어디에 항복하라는 것일까. 저렇게 대놓고 항복하라고 해도 되는 것일까.

하루하루 온갖 것에 지는 내 정체를 들킨 것 같아 가슴이 철렁했다. 치열하게 살지 못하고 편함과 자그마한 욕망들에 지는 자신이 스스로 생각해도 부끄러운데……. 조금 전 2층 매장에서 일주일치의 식자재와 한 달치의 양식을 사면서 살까 말까 만지작거린 물건들, 한순간 혹했던 의상들, 때마침 저녁 무렵이라 시식 코너를 지날 때마다 입에 고이던 침들. 그래서 대형마트에 올 때마다 범속해지는 자신이 싫어서 한 달에 한 번 정도로 장 보는 횟수를 줄였던 것이다.

"오늘도"라는 말의 뉘앙스는 또 어떤가. 반복적으로 일어나는 일이라는 것이다. 이 대형마트에 새 직원이 들어왔음에 틀림이 없다. 새 마케팅 전략은 고객의 약점을 찌르고 들어가는 것이리라. "도"라는 조사에서 이것이 일회성이 아니라 늘 있어온 일이라는 것까지도 알고 있다는 점을 드러내고 있다.

조금 전 마트 계산대에서는 이런 일이 있었다. 줄을 서서 내 차례가 오기를 기다리고 있는데 여직원들끼리 주고받는 이야기가 들려왔다.

"오늘 세 시부터 비가 예약되어 있어."

"주문이 밀려 있는데 언제 다 배달하지? 비 오기 전에 배달 끝내야 할 텐데."

기상청에서 예보한 비는 예약된 비로, 예약했다 취소하면 그만인 비로 이들의 머릿속에 입력돼 있었다.

그러고 보니 마트에는 예약돼 있는 것투성이다. 주문받아서 배달이 예약되어 있는 고등어·시금치·소고기 등 식품과 라면·샴푸 등 공산품, 그리고 이곳을 이용하는 우리들에게는 죽음이 예약돼 있다.

대형마트에만 들어서면 빽빽한 상품들의 미로에 갇혀서 미아가 된 느낌이 드는 이유는 뭘까. 마트에는 미끼 상품이라는 게 있다. 시중보다 훨씬 싼 가격에 나온 생필품을 보면 앞뒤 잴 것 없이 사고 보는 습성이 내게는 있다. 그러다 보니 때로는 꼭 필요하지도 않은 물품을 사놓고는 후회하는 일도 종종 벌어진다.

생각해보니 나는 늘 항복하고 있었던 것이다. 일상에, 자본주의의 속성에, 거짓 욕망에, 자신의 비겁함에, 희망 불가의 현실에……

오늘도 마음속에 갈등을 일으키며 꼭 필요한 것만 최소한으로 사고 '성공했다'며 자축하는데 "항복하세요"라니, 너무하다 싶었다.

정말 내가 항복하고 싶은 대상은 따로 있다. 아기의 살보다 더 촉촉하고 부드러운 꽃잎에, 그 향기에 항복하고 싶다. 비를 "움직이는 비애"라고 표현한 김수영의 시 한 구절, "기다리지 않아도 오고/기다림마저 잃었을 때에도 너는 온다"는 이성부의 '봄'에 항복하고 싶다. 아이들의 초롱초롱하고 맑은 눈망울, 거기에 담긴 소망에 항복하고 싶다.

누가 저런 문구를 무례하게 떡하니 걸어놓았을까 혼잣말하며 출구를 빠져나가려는데 아, "오늘도 행복하세요"라는 문구가 온전히 다 보인다. 천장에서 아래로 드리워진 조명 하나가 공교롭게 "행복"을 "항복"으로 보이도록 시야를 방해했던 것이다. 지레 잘못 읽은 글자에 항복한 꼴이었다.

밖에 나오니 내가 늘 항복해 마지않는 맑은 하늘이 그러니까 너는 한 수 아래라는 듯이 환하게 내려다보고 있었다. 미세먼지 없는 민낯이었다.

소중한 일상이
그저 주어지는 것은 아니라는

러시아가 우크라이나를 침공한 지 여러 달이 지났다. 우크라이나는 옥수수·해바라기·밀 등을 생산하고 세계 곡물 시장에서 차지하는 비중도 상당히 크다. 전쟁 중이라 올해 농사를 짓지 못할 것이라는 예상을 깨고 농부들은 씨를 뿌렸다.

방탄조끼와 방탄모를 착용하고 농사짓는 농부의 모습은 낯설다. 전쟁 시작 후 새롭게 바뀐 농부들의 패션이라고 한다. 포탄이 날아오면 안전한 곳으로 피했다가, 공습이 끝난 후 엉망이 된 밭에서 파편을 치우고 흙을 고른다. 전선에서 싸우고 있는 사람들은 계속해서 싸우고, 농부들은 그러거나 말거나 씨를 뿌린다. 농토의 70퍼센트는 파종을 마쳤다고 한다.

씨앗이 싹을 틔우고 자라나 열매를 맺기까지 농부가 살아 있을지 모를 일이다. 그러나 전쟁 중에 농부가 무슨 일을 할 수 있겠는

가. 그저 봄이 왔으니, 파종할 때가 됐으니 묵묵히 제 할 일을 할 뿐이다. 방탄조끼와 방탄모가 없어도 농부들이 걱정 없이 농사지을 수 있는 그날이 하루빨리 돌아오길 바란다.

우크라이나 농부들을 생각하니 떠오르는 중국의 옛 고사가 있다. 요임금이 노심초사하며 백성들을 위해 일을 했음에도 불구하고 그의 노고에 조금도 감사하지 않는 노인이 있었다. 이 노인은 나이가 80여 세나 되었는데 어느 날 큰길에서 나무토막 던지는 놀이를 하고 있었다. 구경꾼 중 한 사람이 말했다.

"아, 정말 위대하구나, 우리 요임금의 훌륭하신 덕이 저 노인네에게까지 미치다니."

그 말을 들은 노인은 반문했다.

"매일 아침 해가 뜨면 일어나 일을 하고, 내 스스로 우물을 파 물을 마시고 또 내 손으로 밭을 갈아 밥을 먹는데 요임금이 대체 내게 무슨 은덕을 베풀었단 말이오?"

만약 우크라이나 농부들이 이 고사를 들었다면 뭐라고 말을 할까? 너무도 당연했던 농부로서의 일상, 즉 파종하고 수확하는 일이, 나라 안팎이 평화로웠던 때문이고 그 근본엔 정치가 뒷받침해 주었기 때문이라고 말할 것이다. 민중들이 정치를 느끼지 못할 정도로 자연스러운 일상을 꾸려간다면 그 나라는 잘된 정치를 하고 있는 게 틀림없다.

선거 때마다 부모와 자녀가 밥을 먹다가 낯을 붉히고, 밥상머리

소중한 일상이 그저 주어지는 것은 아니라는

에서 정치 이야기를 하지 말자고 룰을 정해야 하고, 인간관계 나빠질까 봐 지인을 만나도 정치에 대해선 침묵하는 게 요즘 우리의 현실이다. 우리 국민만큼 정치에 관심 많은 나라가 또 있을까? 대한민국의 정치인들은 분명 정치를 잘못하고 있는 것이다.

운 좋게 6·25 후에 태어나 전쟁을 겪지 않았고 가난했지만 고도성장에 편승해 반세기 동안의 경제 발전을 지켜보고 누린 나는 세계의 미래나 우리나라의 미래에 대해 그래도 낙관적이다. 지금까지 그래왔듯 어떤 어려움이 닥쳐도 우리는 헤쳐나갈 것이라고 생각한다.

전쟁에 대해 이런저런 생각을 하다 보니 화성 행차 때마다 군복을 입고 길에 나섰다는 정조대왕이 떠오른다. 다음의 시는 정조대왕이 1796년 2월 화성장대(華城將臺)에서 성안의 군사훈련을 친히 사열하고 지은 것이라고 한다.

나라를 지켜 보호함이 중한 것이라	拱護斯爲重
경영엔 노력을 허비하지 않는다오	經營不費勞
성은 평지로부터 아득히 멀고	城從平地迥
대는 먼 하늘 의지해 높기도 하여라	臺倚遠天高
오만 방패들은 규모가 장대하고	萬垛規模壯
삼군은 의기가 대단히 호쾌하도다	三軍意氣豪
대풍가 한 곡조를 연주하고 나니	大風歌一奏
붉은 아침 햇살이 인포에 비추이누나	紅日在鱗袍

시에서 무인의 기개가 느껴진다. 많은 역사학자들이 정조를 '학자군주(學子君主)'라고 부르지만 한편으로 정조에겐 또 다른 매력이 있는데 그것은 바로 '무인(武人)' 정조다.

정조는 규장각(奎章閣)을 설치하는 등 문예부흥 시대를 열었을 뿐 아니라 장용영(壯勇營)을 통해 군대를 양성하고 『무예도보통지』를 편찬하게 하여 무예를 표준화했다. 기록에 따르면 1797년 1월 수원 화성을 순시하고 방화수류정에 이르러 활을 쏘아서 무(武)를 숭상하는 뜻을 보이기도 했다.

<blockquote>
춘성을 두루 보고도 해가 아직 한창이라　　歷遍春城日未斜

소정의 풍경은 한결 더 맑고 아름다운데　　小亭雲物轉晴佳

난기가 계속 삼련의 적중함을 보고하니　　鑾旂慣報參連妙

수많은 버들 그늘 속에 살촉이 꽃 같구려　　萬柳陰中簇似花
</blockquote>

정조의 시에서 '버들 그늘 속에 살촉이 꽃 같다'는 표현도 뛰어나지만 화살을 쏠 때마다 연달아 적중했다는 구절을 보아 활 쏘는 솜씨가 뛰어났음을 알 수 있다.

"조선의 백성들은 선대왕의 백성으로 살았던 것을 자랑스러워했다."

정조가 죽고 난 후 『정조실록』에 사관이 썼다는 글이다. 국민들이 이런 지도자를 만난다는 것은 정말 행복한 일이다.

소중한 일상이 그저 주어지는 것은 아니라는

이 글을 쓰고 있는 중에도 전쟁은 계속되고 누군가는 죽어가고 누군가는 씨를 뿌릴 것이다. 꽃을 보며 아름다움과 향기에 취하고, 열매를 수확하며 기쁨을 누리는 소중한 일상이 그저 주어지는 것은 아니라는 걸 결코 잊지 말아야겠다.

틈이 있기에 숨결이 나부낀다

마저절위(磨杵絕葦)와
상주사심(常住死心)

새해 연하장을 정리하다 보니 마부작침(磨斧作針)이라는 글자 아래 동백꽃을 배경으로 백구 두 마리가 놀고 있는 그림이 눈에 띈다. 도끼를 갈아 바늘을 만든다는 마부작침에는 다음과 같은 이야기가 전해지고 있다. 당나라 시선 이백이 어린 시절 공부하기 싫어서 스승 몰래 산을 내려오다가 한 할머니가 냇가에서 바위에 도끼를 갈고 있는 모습을 보았다. 뭐 하러 그러고 있느냐고 물었더니 할머니는 도끼를 갈아 바늘을 만들겠다고 했다. 중간에 그만두지만 않으면 언젠가 바늘이 될 수 있다고. 이백은 이 말을 듣고, 다시 산에 올라가 공부를 계속했다고 한다.

어릴 적에 이 한자성어를 듣고는 '왜 도끼를 갈아 바늘을 만들까? 처음부터 도끼는 도끼로, 바늘은 바늘로 쓰임새가 다른 것인데'라는 생각이 들어 혼자 웃었던 기억이 난다. 우공이 산을 옮긴다는 '우공이산(愚公移山)' 역시 산이 있어 불편하면 다른 데 가서 살면 될 텐데라는 지극히 현실적인 생각이 들기도 했다. 그러나 비유는 비유로 받아들여야 하는 것. 노력과 의지가 얼마나 큰 힘을 발휘하는지를 살아오면서 많이 봐왔다.

마부작침과 비슷한 글귀를 얼마 전 심우장에서 만났다. 서울 성북동에 있는 심우장은 승려이자 시인이자 독립운동가인 만해 한용운이 1933년부터 1944년까지 만년을 보내다가 세상을 떠난 곳이다. 한옥에서는 흔히 볼 수 없는 북향집인데, 남향으로 터를 잡으면 조선총독부와 마주 보게 되므로 반대편 산비탈의 북향터를 선택했기 때문이다. 만해는 1919년 독립선언 발기인 33인 중의 한 분으로 「3·1독립선언문」의 공약 삼장을 집필했고 시집 『님의 침묵』으로 일반인들에게 더 많이 알려진 분이다.

만해가 사용하던 방에는 그의 글씨, 연구논문집, 옥중 공판 기록 등이 남아 있는데 '마저절위(磨杵絶葦)'라는 그의 글씨를 거기서 만났다. 절굿공이를 갈아서 갈대를 끊는다는 의미일까? 혹자는 이 사자성어를 마부작침과 위편삼절(韋編三絶)이 합쳐진 것으로 보아 '절굿공이를 갈아 바늘을 만들고 가죽끈이 닳고 닳아 끊어지도록 책을 본다'는 의미로 해석한다. 그러나 한자 '위'의 모양이 다른 걸로 보아 만해가 만든 사자성어일 수도 있고, 그게 아니면 韋를 葦로 잘못 쓴 것일 수도 있겠다. 그나저나 쉬지 않고 정진한다는 뜻이니 깨달음을 얻는 과정인 심우(尋牛)와 통하는 면이 있다.

한자성어를 생각하다 보니 또 하나 떠오르는 글귀가 있다. 상주사심(常住死心). 김수영 시인의 부인 김현경 선생님 댁을 방문했을 때 시인의 서재에서 인상 깊게 봤던, 액자 속 글귀였다. 지금은 서울 도봉구 방학동에 있는 김수영 문학관에 그 액자가 걸려 있는데 보는 사람마다 그 해석도 구구하다. 김수영 시인이 『하이데거 전집』을 탐독했고 하이데거에 심취한 적이 있으므로 나는 하이데거식으로 해석해본다. 하이데거에 의하면 우리는 실존적 상황에서 비본래적인 상태로 존재하고 있으므로 죽음이 면전에 있음을 의식하고, 선구적인 결단을 통해서 본래적인 '자신'으로 가야 한다는 것이다. 죽음 앞에서 비치는 삶, 그것이 존재의 참된 본질이라고……. 김수영 시인의 '상주사심'은 이러한 생각을 표현한 게 아닐까.

뛰어난 분들의 좌우명에는 자신을 극단적으로 밀어붙이는 내용뿐 아니라 인생관, 세계관 등이 담겨 있어 지금 내가 서 있는 자리를 돌아보게 하는 힘이 있다.

올해는 3·1운동 99주년이 되는 해이자 김수영 50주기가 되는 해다. 한용운과 김수영. 한국 현대문학사뿐만 아니라 사상사에서도 우뚝 서 있는 두 거인과 그들의 좌우명을 떠올리며 자신의 목표를 정해 정진하는 한 해가 되었으면 한다.

변화의 속도와
책임

얼마 전 실버 문학 시간에 앨빈 토플러의『미래의 충격』과 유발 하라리의『사피엔스』에 대한 이야기를 나누던 중 어느 분이 자신의 경험담을 이야기했다.

"손자랑 카톡을 주고받던 중에 손자가 무엇을 하라고 이야기했는데 내가 못 하겠다고 했더니 '할머니 그것도 못 해?' 하면서 무시를 하더라고요. 이제 겨우 여덟 살 난 아이한테 무시당했다 생각하니 기가 막혔어요."

요즘 아이들은 걷기 전부터 엄마 아빠의 휴대폰을 만지작거리면서 자라난다. 이들에게 휴대폰과 같은 기기는 무척 자연스러운 생활의 일부분이다. 그에 비해 노년 세대는 그러한 기기에 익숙해지는 데 시간이 걸릴 뿐 아니라 그 많은 기능을 다 활용할 수도 없다. 불과 20년 전만 해도 퍼스널 컴퓨터를 가진 개인들이 그리 많지 않았다는 것을 생각하면 정보화 사회의 발전 속도는 가히 경악할 만하다. 예전에는 노래방에서 부르는 노래를 들으면서 세대 차이를 실감했는데 이제는 전자기기나 인터넷, 인공지능 등의 활용 면에서 세대 차이가 가장 많이 나는 것 같다. 몇 세대에 걸쳐 이루어지던 변화들이 지금은 불과 한 세대 만에 이루어지고 있다. 변화에 점점 가속이 붙고 있다.

올더스 헉슬리의 『멋진 신세계』를 처음 읽었을 때의 놀라움을 기억한다. 아이들을 공장에서 대량생산하고 생물학적 부모가 따로 없으며 사회에서의 계급적 역할에 따라 태아 때부터 영양분이나 산소 공급 등 성장 환경이 조절되며 우울해지면 '소마'라고 하는 알약을 삼키면 되는 사회……. 1932년에 출간된 이 소설은 유토피아라고 믿는 사회가 사실은 디스토피아임을 일깨워준다. 그로부터 85년이 흐른 지금, 우리는 종교나 윤리 등에 어긋난다는 이유 때문에 그러한 일을 하지 않을 뿐 기술적으로는 소설 속 내용이 얼마든지 가능한 시대에 살고 있다.

헉슬리의 『멋진 신세계』 이전에는 메리 셸리의 『프랑켄슈타인』이라는 소설이 있었다. 1818년 출간된, 공상과학소설의 원조이자 고전격인 이 소설에는 과학자 빅터 프랑켄슈타인이 등장한다. 부제가 '현대의 프로메테우스'인 이 소설은 새로운 과학적 발견이나 무모한 과학적 실험이 불러올지도 모르는 끔찍한 재앙을 경고하고 있다. 과학자 프랑켄슈타인은 생명 원리를 발견하려는 욕망에만 빠져

변화의 속도와 책임

있을 뿐 자신의 작업에 대한 책임을 생각해본 적이 없었다. 그래서 자신이 창조한 피조물의 외모가 끔찍하다는 이유로 학대 방치해서 그 피조물을 복수심에 불타는 괴물로 만들었다.

생명과학과 생명 복제 기술이 사회적 합의나 정서를 훨씬 앞질러가는 오늘날, 메리 셸리조차도 200년 후에 인간의 과학이 이 정도로 발달하리라고는 생각하지 못했을 것이다. 생명의 원리를 찾아내겠다는 의지로 피조물을 창조해내기까지 이르렀으나 자신의 피조물에 대해 책임을 지지 않는 태도에서, 원자폭탄의 이론적 바탕이 되기는 했으나 그것이 인류를 대량 살상하는 데 쓰일 줄 몰랐다는 아인슈타인의 변명을 떠올리게 된다.

동물 복제가 가능하다면 당연히 인간 복제도 가능하다. 최근에는 인공적인 합성 세포를 만드는 기술까지 나왔다고 한다. 쥐의 머리를 다른 쥐의 몸에 이식하는 데 성공했다는 기사를 본 적도 있다. 이만큼 기술은 빠른 속도로 발달하고 우리는 불과 수십 년 앞을 내다보기도 힘들게 되었다.

과학자들 대부분은 프랑켄슈타인처럼 인류를 위한다는 대의와 희망을 지니고 있을 것이다. 그러나 그 결과가 어떤 영향을 불러올지 아무도 알 수 없다. 과학은 어디로 향하는가. 지구호에 탄 우리가 가는 방향은 어디인가. 과학자들은 알고 있는 걸까.

틈이 있기에 숨결이 나부낀다

인생이
다 시지, 뭐

시집 한 권은 '시의 집'으로, 시인들은 자신의 시집을 가져야 진짜 시인이 된다. 시집은 시인이 찾아낸 언어의 집이다. '언어는 존재의 집'이라고 했던 하이데거를 굳이 떠올리지 않더라도 시인의 전 존재가 스며 있는 집인 것이다. 그 언어들은 다이아몬드보다 단단하고 용광로보다 뜨겁고 때론 북극 빙하보다 더 차가운 언어들이다. 아니, 그래야 한다.

전에 어떤 시인이 자신의 시집을 내게 주면서 "냄비 받침으로나 쓰라"고 한 적이 있다. 물론 겸손히 자신을 낮춰 하는 이야기였다. 받는 나도 그것을 냄비 받침으로 쓸 생각이 전혀 없었지만 곰곰이 생각해보니 자조의 의미가 담겨 있는 듯했다. 아니면 라면 냄비 정도야 거뜬히 이겨낼 수 있는 뜨거움을 가지고 있다는 의미일까?

지인이 근무하는 사무실에서는 시집이 마우스 받침으로 쓰이고

있다는 말을 들었다. 그 시집 제목이 뭐냐고 물으니 이재무 시인의
『슬픔에게 무릎을 꿇다』라고 했다. 나는 시집 대신 사용할 마우스패
드를 건네며 그 시집을 가져다 달라고 부탁했다. 마우스 받침으로
만 쓴 것이 아닌 듯 우글쭈글 화상을 입은 표지를 넘기니 표제시가
나왔다.

"어항 속 물을//물로 씻어내듯이"에서 아, 그렇구나 끄덕이다가
"슬픔을//슬픔으로 문질러 닦는다"에서 가슴이 턱 막히는 느낌을
받았다. 시가 우리에게 주는 기쁨이 주로 깨달음과 감동과 신선함
에 있다면 이 시는 어느 지점에 있는 걸까 생각하며 한때 마우스 받
침이었던 시집을 아껴서 읽었다. 그 사무실에 근무했던 사람들 중
에 누군가는 마우스를 받치고 있는 종이뭉치가 아니라 한 권의 살
아 있는 정서로서 가슴과 가슴이 맞닿는 경험을 했으면 좋았겠다는
생각을 하면서.

그 일이 있은 며칠 후 한 통의 전화를 받았다. 수원에 위치한 벌
터경로당 어르신들이 시집을 내는데 그 뒤표지에 넣을 추천사를 부
탁한다는 것이었다. 나는 그 시집 발간의 내력과 취지를 듣고는 흔
쾌히 쓰겠다고 대답했다.

입말의 정겨움과 삶의 진솔함이 그대로 묻어나는 어르신들의 시
를 읽으며 무심코 넘어간 시집 제목을 다시 보니 『인생이 다 시지,
뭐』란다. 이 제목도 어르신들과의 대화 중에서 나온 말씀을 잡아챈
것이라 한다. 온몸으로 살아낸 시간의 흔적들, 그렇게 나이 든 시인

들의 시를 읽으며 시란 무엇인가 다시 생각해본다.

　인생이 시라면, 어르신 한 분 한 분은 각자 시집인 셈이다. 어떤 시집은 두껍고 어떤 시집은 슬픔으로 출렁인다. 누군가의 아내이자 엄마이고 생산자이자 소비자인, 아직은 미완성인 시집, 여전히 집필 중인 시집.

　올여름 읽어야 할 시집들을 떠올리며 스스로에게 묻는다. 나는 어떤 시집으로 완성되어가고 있는가.

방

주민등록초본을 떼고 보니 그동안 서른 번 이사한 기록이 고스란히 남아 있다. 일 년에 한 번은 짐을 싸서 셋집에서 셋집으로 전전하던 시간들의 흔적이었다. 그래서인지 내겐 방에 관한 추억이 많다. 그렇다. 내 기억의 단위는 집이 아니라 방이다. 그건 방 하나에 온 가족이 함께 기거했기 때문일 것이다. 방은 침실이자 식당이자 거실이자 응접실이었다. 때로 새 생명이 태어나기도, 생명이 사그라드는 장소이기도 했다.

내 어린 시절은 기형도의 시 「엄마 걱정」처럼 해는 지고 어둠이 몰려오는데 "찬밥처럼 방에 담겨" 엄마를 기다리는 아이의 모습으로 각인되어 있다.

좀 더 커서의 기억이다. 학교에 다녀왔는데 방 안에서 여러 사람의 말소리가 두런두런 나기에 반가움에 방문을 열어젖혔다. 하지만 아무도 보이지 않았다. 빈방을 가득 채운 말소리는 라디오에서 흘러나오고 있었다. 누군가 라디오를 켜둔 채 외출했던 것이다. 그때의 허전한 마음이 지금도 생생하다.

내가 나만의 방을 처음 갖게 된 건 대학교에 입학하면서 학교 앞에서 자취를 했을 때였다. 한옥의 문간방이었는데 연탄 보일러라 겨울에는 제때 연탄을 갈지 못하면 냉골이 되기 일쑤였다. 오들오들 떨다 보면 내 체온으로 이부자리에 온기가 돌았고 아침이면 그 체온의 힘으로 다시 일어날 수 있었다.

'방' 하면 떠오르는 시인이 둘 있다. 하나는 백석이요, 다른 하나는 김수영이다. 시인들이 가장 좋아하는 시인으로 손꼽히는 백석은 집을 떠나 여기저기 떠돌며 시를 남겼는데 그중 「남신의주유동박시봉방」이라는 제목의 시가 있다. 백석이 남신의주 유동이라는 동네에서 박시봉이라는 사람 집에 세를 내어 살았던 적이 있었던 모양이다. "습내 나는 춥고, 누긋한 방에서" 팔베개를 하고 이리 뒹굴 저리 뒹굴 하면서 자신의 슬픔과 어리석음을 생각하다가 눈 내리는 저녁, 산속에서 외로이 눈을 맞고 있을 "그 드물다는 굳고 정한 갈매나무"를 생각하고 자신의 마음을 다잡는 구절이 있다. 나는 본 적도 없는 갈매나무가 바로 내가 지향해야 할 정신적 표상이라도 되는 것처럼 비장해져서는 외롭고 슬플 때마다 상상 속에서 갈매나무를 그려보고는 했다.

시인들 중에 '방'을 제목에 가장 많이 쓴 사람이 아마 김수영일 것이다. 「방 안에서 익어가는 설움」, 「그 방을 생각하며」, 「여편네의 방에 와서」, 「누이의 방」 등 내 기억 속에 있는 제목만도 여러 편이 된다.

김수영 시인은 아무리 가난한 시절이었을 때에도 반드시 자기만의 방이 있어야 했다고 그의 아내 김현경 여사는 회고한다. 말하자면 김수영 시인에게 방이란 침실이자 작업실이자 서재인 것이어서 거기에서 원고도 쓰고 번역도 하고 책도 읽었던 것이다. 누군가 예고 없이 방문하면 공부하고 글 쓰는 시간을 방해하는 셈이어서 잘 만나주지도 않았고 심지어는 어린 아들에게 아버지가 집에 안 계신다는 거짓말을 하라고 시켰다고도 한다. 그렇게 확보한 '자기만의 방'에서 그의 명작들이 나왔던 것이다.

그래서 버지니아 울프는 여성이 글을 쓰려면 '자기만의 방'이 꼭 필요하다고 그렇게 강조했나 보다.

작가들의 방 중에서 내게 가장 깊은 인상을 심어준 것이 「강아지 똥」, 「몽실언니」 등을 남긴 아동문학가 권정생 선생의 방이다. 그가 생전에 살았던 안동 외곽의 집은 살아가는 데 필요한 최소한의 것들만 있는 것처럼 보였다. 집이라기보다는 방이라는 표현이 걸맞을 정도로 침실과 거실과 응접실과 식당의 역할이 혼재된 공간이었다. 싱크대, 책장, 책장에 꽂힌 책 몇 권이 전부였다. 돌아가신 지 10년이 넘었으므로 옷가지나 소소한 살림살이는 다 치웠으리라. 보통의 경우, 자질구레한 살림살이가 사라지고 나면 집이 휑해 보이고 더 넓어 보이는 법이다. 그러나 권정생 선생의 방은 여전히 비좁고 오히려 생전의 가난을 더 부각시키고 있었다.

서늘하고 자그마한 방이었으나 이 세상 어느 방보다 크고 깊었다. 그래서 후학들이 선생의 방을 지금도 줄을 이어 찾는지도 모르겠다.

방에는 이야기들이 있다. 벽과 바닥과 천장의 얼룩들에는 시간이 고여 있고 그게 그 방의 표정이 된다. 자신의 방을 우주로 만들거나 감옥으로 만들거나, 다 그 방에 사는 사람이 할 나름이다. 내 방은 지금 어떤 모습일까.

내 머릿속에는 흰 방이 하나 들어와 있다. 조그만 나무문이 달린 시멘트 벽, 나무 탁자를 중심으로 나무 의자 서넛, 삿갓을 쓴 백열등이 천장에서 내려와 있고……. 세 사람이 앉아서 이야기를 나누고 있다. 서걱거리는 사랑과 나비 팔랑이는 바다에 대해서, 가본 적 없는 미지의 시간과 공간에 대해서.

이야기를 어떻게 시작하게 된 걸까. 점차 벽에 습기가 차서 벽면을 따라 물기가 줄줄 흘러내리고 슬금슬금 거미가 천장에서 내려와 실을 자아낸다. 이야기를 하는 도중에도 거미는 쉼 없이 줄을 풀어내고 내 얼굴과 몸에 가늘고 부드러운 거미줄이 감긴다. 습기로 온

몸이 눅눅한 채 손사래를 쳐가며 거미가 줄을 뽑아내듯 이야기를 이어가는 사람들.

온몸에 감기는 거미줄 때문에 고치가 될지도 모르겠다고 생각하면서도 이야기는 끝날 줄 모른다. 목숨을 담보 잡힌 셰헤라자데처럼. 그리고 방 밖은 무한(無限)이 출렁이고 있다.

언제부턴가 이 이미지는 내 속에 깊숙이 들어왔고 나는 이 장면을 실제로 본 것 같은 착각이 들곤 한다. 태어나 일단 이야기를 시작하면 내내 그침 없이 이어가며 마지막엔 조그만 문을 열고 나가는 것이 인간의 운명 아닐까.

틈이 있기에 숨결이 나부낀다

내 생애
첫

올해 첫눈이 내렸다. '첫'이 갖는 아우라는 늘 설레게 한다. 첫돌, 첫 걸음, 첫 신발, 첫사랑, 첫 생리, 첫 키스, 첫 월급, 첫인상……. '첫'은 어린아이와 청년만이 누릴 수 있는 특권처럼 생각되지만 꼭 그런 것만은 아니다.

얼마 전, 수원의 능실종합사회복지관에서는 경기도 노인복지과에서 지원을 받아 글쓰기 수업이 진행되었는데 12강을 마무리하면서 시화전과 시 낭송회가 열렸다. 그 시간에 줄곧 참여한 사람들은 정지용과 백석의 시집을 상으로 받았다.

"시라는 걸 처음 써본 데다가 내가 쓴 시를 스스로 읽는 것은 세상에 태어나서 처음이에요. 게다가 시집 선물도 처음이고요."

70대 중반의 참여자가 밝힌 소감처럼 80년, 90년을 산다 해도 세상의 첫 경험은 얼마든지 있기 마련이다.

탈북 청소년들에게 첫 기억을 물어본 적이 있다.

"엄마 등에 업혀서 압록강을 건넌 기억이 나요. 발목까지 젖어들던 강물이 어찌나 차갑던지요. 강을 다 건너서 중국 공안에 잡혔어요. 총부리에 매달려 살려달라고 외치는 엄마를 보다가 엉엉 따라 울면서 살려달라고 했던 기억이 나요. 한참을 쳐다보던 공안이 총부리를 내리면서 가라고 하더라고요."

목숨을 걸고 국경을 넘는 사람들의 심정은 어떤 걸까. 뼛속까지 스미는 차가운 강물과 총부리를 그의 몸은 결코 잊지 못할 것이다.

때때로 정치인들이 말한다. 초심을 잃지 않겠다. 그러나 초심, 첫 마음은 절대 다시 돌아오지 않는다. 그가 찾았다고 생각한 초심은 또 다른 첫 생각일 뿐이다.

무척 기쁜 '첫'들도 있지만 무척 가슴 아프고 슬픈 '첫'들도 있다. 내 속 어디엔가 그러한 '첫'들의 무덤이 있을 것 같다. 아무튼 지금도 '첫'은 내 삶에서 진행 중이다. 처음 맞는 서른, 마흔, 쉰, 예순…… 이대로 간다면 첫 죽음이 다가오리라.

『월든』으로 유명한 헨리 데이비드 소로는 세상을 떠나기 바로 직전에 여동생 소피아에게 자신의 첫 저서 『강』의 마지막 장을 읽어달라고 부탁했다. 동생의 책 읽는 소리를 듣다가 "이제야 멋진 항해가 시작되는군" 하고 나직한 소리로 중얼거리다 잠시 후 숨을 거두었다고 한다. 그에게 죽음이란 또 다른 멋진 시작이었던 것이다.

시를 처음 쓰기 시작하면서 귀에 못이 박이도록 들은 이야기가 있다. '갓 태어난 송아지의 눈으로 세상을 보라.' 그래서 모든 시는 세상과 삶을 새로이 첫 대면한 순간의 기록이다. 이제까지와는 다른 방식으로 바라보기. 상투성을 걷어내고 세상의 이면을 곰곰이 들여다보기. 그 과정에서 아무도 궁금해하지 않을, "세상에서 맨 처음으로 꿈을 꾸었던 사람"(「첫 꿈」, 빌리 콜린스)을 그려보고 "당신의 잠든 얼굴 속에서 슬며시 스며 나오는 당신의 첫"(「당신의 첫」, 김혜순)을 상상해보기도 한다.

밤새 내릴 것 같던 눈이 이 글을 쓰는 동안 어느새 그쳤다. 새해 첫눈을 밟으며 사람들은 각각의 속도와 방식으로 자신의 길을 걸어갈 것이다.

내 생애 첫

모든 사람이
예술가

"내일 지구가 멸망한다면 뭘 하시겠어요?"

무심코 던진 질문에 한 어머니가 대답한다.

"춤을 덩실덩실 춰야지요."

순간 멍해진 내가 묻는다.

"왜요?"

"아이랑 한날한시에 같이 죽을 수 있으니까요. 저 아이를 남겨두고 어떻게 눈을 감을까 늘 걱정이었는데. 더없이 고마운 일이지요."

분당이라는 지역에 이런 곳이 있구나 싶은 소형 영구임대아파트 단지, 눈에 띄는 사람들이 대부분 독거노인이나 장애인, 그리고 장애인의 가족이다. 장애아를 둔 학부모를 위한 인문학 강좌의 일부분을 맡아 진행하던 중이었다.

뭉크의 〈절규〉를 감상하다가 던진 질문에 돌아온 대답이 전혀 뜻

밖이었다. 지구의 종말이 고마운 사람들. 아이랑 함께 죽기를 소망하는 사람들.

장애아를 둔 학부모를 위한 강좌는 그동안 대부분 심리 테스트나 심리 치료에 치중돼왔고 그래서 장애아를 둔 어머니들은 심리 운운하기만 해도 지겹다고 고개를 설레설레 내젓는다. 다행히 이번 강좌는 철학, 문학, 역사, 예술사 등 인문학 위주로 진행되어 얼마나 좋은지 모르겠다고 이구동성이다. 나는 누구인가, 내가 서 있는 이곳은 어떤 곳이며 나는 어떤 시간 속에 위치하고 있는가, 인간의 상상력은 어떻게 확장되어왔는가 등을 주제로 아이에게서 잠시 눈을 떼고 '나'에 대해 깊이 생각해볼 시간이어서 좋다고 했다.

그런데, 이들의 관심은 어떤 작품을 대하든지 어느 순간엔 '내 아이'에 닿아 있었다. 마치 이들이 마땅히 있어야 할 곳은 거기라는 듯.

한번은 고흐의 〈구두〉를 감상하며 거기에 담긴 신발의 표정과 그 임자의 삶에 대해 이야기를 나누는 중이었는데, 한 어머니가 갑자기 신발은 좋은 걸 신겨야 한다고 수업과 상관 없는 엉뚱한 이야기를 하는 것이었다. 운동 부족인 아이의 손을 잡고 일삼아 동네를 같이 걷는데 아이가 쉽게 지치고 힘들어해, 비싸도 편하고 좋은 신발을 신긴다고 했다. 그래서 어제도 신발 할인 매장에 가서 30퍼센트 할인 가격에 메이커 운동화를 샀다고 하니까 다른 어머니들도 다들 그 말에 공감을 하면서 자신들도 같은 생각으로 운동화는 좋은 걸

신긴다고 했다.

운동화를 정성 들여 닦으며 그런 생각을 한단다. 이 신발을 신고 우리 아이가 집을 나서서 학교까지 제대로 길을 잃지 말고 찾아갔으면, 그리고 집으로 혼자 찾아올 수 있었으면, 학교와 집을 제대로 오갈 수 있었으면…….

그런 간절함으로 신발을 닦은 적이 있던가. 그냥 세탁기에 던져 넣고 버튼 하나 누르면 세탁과 탈수까지 되지 않던가. 세탁기 안에서 통통통 돌아가던 운동화의 둔탁한 소리.

한 어머니가 얘기를 하다가 불현듯 울음을 터트리자 옆에 앉은 사람들이 왜 그래, 잘 참아왔으면서…… 등의 말을 건네며 등을 두드려준다. 벌써 눈가에 손이 가는 사람, 울먹울먹하는 사람도 있다. 울음은, 슬픔은 전염력이 강해서 금세 내 가슴도 먹먹해진다.

아플 수도, 아프다고 해서 자리에 드러누울 수도 없는 사람들.

강의는 주로 종합복지관에서 진행되었는데 학기 중에 야외 수업을 할 기회가 주어졌다. 성남아트센터에 연극과 식사를 패키지로 한 상품이 있어 복지관에서 지원을 해준다고 했다. 예약을 하고 단체 관람을 했다. 모처럼 바깥 나들이를, 그것도 근사한 식당에서 야외 수업을 겸해 식사를 하면서 어린아이처럼 즐거워했다. 제대로 된 공연장에서 연극을 보는 것도 아이를 낳고 나서는 처음이라고 했다.

대학을 나오고, 교사로서의 삶을 살거나, 문화센터의 강사를 하기도 했던 각자의 삶이 장애아를 둔 학부모라는 단어로 뭉뚱그려지고 이제 이들에겐 어머니로서의 삶만 있었다. 잠을 자도 꿈속에서조차 아이의 엄마로서만 존재했다. 잘못 태어나게 한 아이에 대한 죄책감, 그리고 그 아이에 신경 쓰느라 거의 손이 가지 못하는 다른 아이에 대한 미안함, 그것이 그들의 감성과 꿈을 갉아먹고 세상에서 자꾸 위축되게 했다.

이들과 접하면서 자신을 자꾸 뒤돌아보게 됐다. 참으로 많은 욕심을 부리며 살았구나. 내 주변에 대해, 내 삶에 대해.

내가 맡은 강의는 예술사였다. '예술에 대한 폭넓은 이해를 통해서 일상에 속박되기 쉬운 삶의 상투성에서 벗어나 보다 자유로워지기'라는 목표가 무색하게 수업이 끝나고 집으로 돌아가면 당장 부딪치게 되는 이들의 일상이 속속들이 보이는 듯했다.

어머니들의 더 큰 고민은 아이들이 자라고 나서의 일이다. 지금이야 학교를 보내고 나면 그나마 잠시의 짬이라도 낼 수 있지만, 학교를 졸업하고 나면 제대로 사회생활을 할 수 없을 정도로 중증인 지체아들은 수용 시설도 제대로 없다는 것. 주간 보호 시설도 아동의 경우는 많지만 성인의 경우는 드물다. 평생 껴안고 살아야 하는 살붙이들.

타인의 고통에 얼마나 근접할 수 있을까? 화가들의 삶과 작품에 대해 이야기를 나누면서 이들의 삶의 무게를 조금이나마 덜어주는 시간이 되었으면 했다. 사회에서 그 짐을 분담해주지 않으면 안 된다는 것은 너무나 분명했다.

어머니들과의 수업 과정에서 가장 와닿았던 것이 요제프 보이스의 예술론이다.

"모든 사람이 예술가이고, 삶이 곧 예술이다. 모든 사람이 예술가라는 말은 그들이 뭔가를 만들어낼 수 있다는 의미에서다⋯⋯ 예술은 노동의 세계에서 소외를 극복하게 해줄 것이고, 치료의 과정이면서 또한 따뜻함의 과정이기도 하다."

요제프 보이스에 의하면 예술은 사람이 서로 이해하고 보듬으며 살 만한 세상을 만들기 위해 사회를 재조정하고 재형성하는 정치이며, 태초에 인간이 죄를 지으면서 잃어버린 조화와 총체성을 찾기 위한 종교이기도 하다. 세상의 모든 존재들이 서로 소통하며 조화를 이루고 살기 위한 노력이기도 하다. 그리고 우리가 살아가는 사회 또한 하나의 예술작품으로, 인간은 그 예술작품을 더 근사한 것으로 만들기 위해 자기가 있는 자리에서 최대한 창조력과 상상력을 발휘해 나가는 것이다. 그것은 자기 자신을 위한 것이기도 하고 남을 위한 것이기도 한, 자기 스스로의 삶을 예술작품으로 창조해 나가는 벅찬 과정이다.

과연 장애아를 둔 어머니들의 삶이 곧 예술이 될 수 있을까. 그러기 위해서는 사회 구성원들의 배려와 이해, 관심이 절실히 필요하다. 가볍고 편한 아이의 새 신발을 구입해야겠다고 몰려 나가는 이들을 보며 깃털 같은, 구름 같은 신발을 신고 자신이 가고자 하는 길을 마음껏 걸어가는 아이들의 모습을 떠올려본다.

틈이 있기에 숨결이 나부낀다

2부

재앙의 언어, 치유의 언어

위험한
독서

　요즘 전 세계적으로 가짜 뉴스가 범람하고 있다. 가짜 뉴스를 만든 사람에게 동기를 물어봤더니 단기간에 돈을 벌고 싶었다고 한다. 제휴 광고 태그 등을 통해 돈을 벌 수 있다는 것.

　그의 영업 전략은 "증오를 부추기는 기사는 쉽게 확산된다"는 것이다. 예를 들어 한국에 비판적인 일본인들은 한국에 대한 안 좋은 뉴스들을 믿고 싶어 하는 경향이 있고 이들을 대상으로 한국에 대한 증오를 부추기는 가짜 뉴스를 만들어서 퍼뜨리는 식이다.

　우리나라의 경우에도 대다수 언론을 불신하고 SNS를 통해 퍼지는 가짜 뉴스를 진짜로 믿고 분노와 증오로 무장한 채 집회에 나가는 분들이 많은 걸로 알고 있다. 믿고 싶은 것만 믿으려는 사람들의 심리를 이용하는 증오 전략이 먹힌 것이다. 돈을 위해서라면 무엇이든 하겠다는 천박한 생각도 문제지만 그들이 노리는 대로 속아 넘어가는 사람들이 많이 있는 한 가짜 뉴스는 독버섯처럼 번져 나갈 것이다.

이런 사태를 지켜보며 "타락한 정보가 있는 게 아니라 정보 자체가 타락한 것이다"라고 한 들뢰즈의 경고나 "정보란 명령이라는 의미"라고 한 하이데거의 말을 떠올리게 된다. 지금처럼 정보가 넘쳐나는 사회의 위험성을 그들은 미리 알았던 것일까.

블로그나 카페, 페이스북 등 소셜네트워크서비스를 통해 한 정보에서 다른 정보로 계속 미끄러지는 정보 수집이 아닌, 정보에서 사색과 통찰로 이어지는 독서가 필요하다.

10년쯤 전, 지방에 사는 선배 소설가의 집을 방문한 후배 소설가가 호들갑스럽게 다녀온 소감을 말했다.

"그 형 책상에는 삼국지만 있어요."

그 책을 얼마나 읽었던지 너덜너덜해졌더란다. 그 소설가는 한 작품을 매우 깊게, 반복적으로 읽으면서 자신의 소설의 틀을 잡았던 것이다.

최근에 읽은 책 중에 사사키 아타루의『잘라라, 기도하는 그 손을』은 읽는다는 것의 위대함을 일깨워주었다. 다소 자극적으로 보이는 제목은 독일 시인 파울 첼란의 시구에서 따온 것이다.

사사키 아타루는 불합리하고 부당한 세상을 변화시켜달라고 두 손을 모아 기도하는 것보다, 그 두 손으로 책을 읽고 또 읽고, 고쳐 읽고 다시 고쳐 쓰는 행위 자체가 더 가치 있는 일이라고 주장한다.

그는 많은 책을 읽지 말고 한 권을 읽어도 되풀이해서 읽으라고 한다. 그래야 통한다고. 지식과 정보가 범람하는 이 시대에 역설적으로 소수의 책을 반복해서 제대로 읽으라고 강조하는 것이다.

이 책은 성서를 제대로 읽음으로써 종교개혁을 일으킨 루터의 예를 들어 하나의 텍스트를 '읽는다'는 것은 전 생애를 거는 일이며 목숨을 거는 일이며 혁명적인 일이라는 것을 설득력 있게 전개해나간다.

그에 의하면 혁명의 본질은 "폭력이나 주권 탈취가 아니라 텍스트를 다시 쓰는 것"이다. 우리가 혁명에 대해 가지고 있는 편견 중 하나는 혁명과 폭력이 밀접한 관련이 있다는 것인데 사사키 아타루는 그것을 부정한다.

좋은 시집 한 권, 철학책 한 권이 개인의 삶과 한 시대를 바꾼 예는 무수히 많다. 무엇을 읽을 것인가. 이것은 단지 책에 국한된 것이 아니라 사회를 읽는 일, 삶을 읽는 일에도 적용될 것이다. 텍스트는 무궁무진하다.

숨결

종종 산을 오르면서 나는 스스로의 숨결을 느끼기 좋아한다. 폐활량이 적어서 곧 숨이 가빠지고 힘들지만 내 몸이 그때만큼 정직하게 반응하는 것을 본 적이 없다.

산을 오른다. 숨결이 점차 거칠어진다. 폐가 부풀다 터질 것 같은 느낌을 받는다. 그래도 여전히 다리는 제 속도를 늦추지 않고 몸을 밀어올린다. 몸이 내뱉는 헐떡거림을, 신음에 가까운 숨소리를 내 귀로 듣는다. 나쁘지 않다. 나를 스쳐가는 다른 사람들의 숨소리도 듣는다. 거친 내 숨소리를 다른 사람들도 들을 것이다. 바람이 내 호흡을 실어 간다.

어렸을 때 종종 그런 꾸중을 들었던 것 같다. 여자애가 무슨 숨결이 그리 거칠어? 나는 여자애라는 이유만으로(아마 사내애라면 그런 꾸중을 듣지 않았으리라) 숨소리를 내지 않으려고 무진 애를 쓰곤 했

틈이 있기에 숨결이 나부낀다

다. 그런데 묘한 일은 숨결이라는 게 조절이 쉽지 않아서 누르려고 할수록 내 귀에는 더 크게 들렸다. 그러다가 다른 생각을 하다 보면 어느새 신기할 정도로 가라앉아 있곤 했다.

좀 더 시간이 흐른 뒤에 아이를 낳았을 때엔 아이의 숨소리가 걱정거리였다. 호흡이 빠르면 빠른 대로 어디 아프지 않나, 숨소리가 안 느껴질 때엔 혹시 무슨 탈이 난 건 아닌가 안절부절못했다. 전전긍긍, 아이가 돌이 될 때까지 하루에도 몇 번씩 가슴을 쓸어내리곤 했다.

그리고 아버지의 마지막 숨결. 목에 걸려 가르랑거리던 숨이 갑자기 정적으로 변하고 더 이상 안과 밖이 소통되지 않았다. 하나의 세계가 막을 내린 것이다.

자연에도 숨결이 있다. 강변의 모래를 밀어대는 물살의 찰싹임도 한 호흡이요, 물결에 따라 출렁이는 나뭇잎은 음표다. 숲에서 바람소리와 새소리에 귀 기울이다 보면 바람이 거칠 때 새가 침묵한다는 것을 알 수 있다. 바람은 대지의 숨결이다. 나뭇가지가 흔들리고 새가 날갯짓하는 모든 것이 자연스러운 리듬으로 어우러진다.

이렇듯 생명 현상의 가장 근본적인 것이 숨결이다. 숨결은 생명체에게서만 느낄 수 있으며 살아 있음의 징후다.

그러나 이러한 자연의 숨결을 개발과 발전이라는 명목하에 마음대로 바꿔보겠다는 사람들이 있다. 그들은 편리와 효용과 실용의 기치 아래, 우리가 이 땅에 살기 이전부터 흘러온 강과 산에 메스를 대고는 이것이야말로 시대적 사명이라고, 나 아니면 이것을 해낼 사람이 없다고 자신만만해한다. 그러한 독선 때문에 얼마나 많은 것들이 파괴되고 황폐해져 갈지 안중에도 없다. 포클레인으로 파헤쳐진 강바닥과 파묻힌 채 발견된 물고기들, 상처투성이로 점점 피폐해져가는 자연도 환자다.

눈에 보이는 질병이야 발견하기 쉽고 치료하기도 쉽다. 그러나 자신이 병에 걸린 줄도 모르는 환자들은 치료하기가 만만치 않다. 당신은 질병이니 치료해야 합니다라고 말하면 자신은 환자가 아니라고 우기고 도리어 상대방을 공격할 테니 말이다. 그리고 그런 환자일수록 더 위중한 환자가 아닌가 의심해보아야 한다. 그냥 환자가 아니라 시멘트 붕대를 두른 중환자다. 개발에 관한 편집증, 발전에 관한 병적인 집착, 쉴 새 없이 뭔가를 해야 안심이 되는 근면 강박증, 내가 옳으니 다 나를 따르라는 선지자 증후군까지 갖가지 증세를 한꺼번에 안고 있는 고질병 환자다.

나는 대부분의 학창 시절을 보냈던 뚝섬이 시멘트로 단장된 뒤로 한강변에 나가본 적이 별로 없다.

문명의 폭압 아래 사라져간 숱한 것들의 운명처럼 그렇게 사라져갈 것은 사라져가고 정작 소중한 것이 무엇인지 모르는 사람들이 원인 모를 상실감에 시달리며 향수를 느끼며 사는 것, 그게 소위 '발전'이라는 걸까.

되돌아보면 지난 10여 년 사이에 우리를 충격과 놀라움에 빠트

린 숱한 죽음이 있었다. 내가 그들을 죽인 것도 아니지만 뭔가 석연
치 않고 개운치 않아 슬픔과 미안함과 심지어는 죄의식 속에 잠을
설치던 시간들이 있었다.

자신의 숨결을 느끼며 한 걸음 또 한 걸음 옮기다가 문득 깨닫는
다. 거친 호흡을 고르며 속도를 조절해가며 자신만의 고운 숨결을
찾아가는 길, 그것이 삶이라는 걸. 세상이 아무리 시끄럽고 굉음을
내며 미친 듯이 달려갈지라도, 죽음과 고통의 아비규환 속에서도.

잃어버린
골목을 찾아서

　골목이 아이들을 품고 아이들은 그 품에서 자라 세상으로 나가
던 시절이 있었다. 나지막한 지붕, 이웃집 부부가 싸우는 소리, 태
어난 지 얼마 안 된 아이가 울어대는 소리……. 골목에선 비밀이 별
로 없었다. 아이들은 그 골목이 좁다는 것을 알아챈 순간부터 넓은
세상을 동경했고 하나씩 골목을 떠나갔다. 개발이라는 명목으로 도
로를 넓히고 아파트를 짓는 과정에서 제일 먼저 사라지기 시작한
골목들.

　며칠 전, 서울문화재단이 마련한 아시아문학창작워크숍에 참여
하여 서울의 골목을 걸을 기회가 있었다. 나는 베트남·태국·인도
네시아·네팔·팔레스타인에서 온 작가들과 어떤 이야기를 나누면
좋을지 모르는 채로 성북동 북정마을과 만해 한용운이 거처했던 심
우장, 이태준 고택인 수연산방, 법정 스님의 자취와 백석의 시비(詩

碑)가 있는 길상사를 둘러보았다.

골목 탐방 이후엔 아시아 각국의 골목을 소재로 한 에세이를 감상하며 상실과 자유에 관해 토론을 나누었다. 아시아 국가들은 전쟁과 내전의 상처에서 자유롭지 않다. 베트남 작가 자 응언은 발제문에서 "나는 왜 베트남 국민을 전쟁이 끝난 지 40년이 지나도록 늪에 빠져 허우적대고 있는 사람들처럼 비관적으로 묘사해야 하는 것일까?"라며 열광 후에 이어진 탈진에 대해 "가라앉는 골목"이라는 표현을 썼다.

팔레스타인 작가 아다니아 쉬블리는 "폐허가 된 마을에서 상상을 하며 놀았다. 문학은 구원이자 생존의 확인이었다"고 했다. 그는 아르메니아 지구 아라라트 골목 19번지에 관한 에세이에서 좁은 골목에서 갈등하며 살고 있는 사람들과 한 노교수의 죽음이 골목에 가져온 침묵에 대해 썼다.

현재까지도 카스트 제도 아래 살고 있는 발리 여성들의 삶을 소설에 담고 있는 인도네시아의 작가 루스미니는 발리 덴빠사르의 골목에 대해 '변화를 이끄는 골목'이라고 표현했다. 도시의 거리 예술(Urban Street Art)은 대중문화를 상징하는데, 삭막해져가는 환경에 대해 대중예술이 비판과 위기의 목소리를 내고 있는 현장을 소개했다.

태국에서 온 우팃 해마무가 묘사한 쑤쿰윗로 33길에는 다양한 삶들이 혼재해 있으며 역동적인 힘이 있다. "이들이 거주하는 골목은 활기가 넘친다. 사람의 욕구가 살아 있고 잠재해 있는 희망이 있

잃어버린 골목을 찾아서

다. 그곳에는 복잡함, 뒤얽힘, 무질서, 실수와 실망이 한데 엉켜 있다.”

　네팔 작가 나라얀 와글레는 “골목들은 결국 우리의 옛날을 보여주는 족보”라는 성찰을 글 속에 담아내기도 하였다.

　골목이라는 공통 화두를 가지고 함께 의견을 나누고 아직 가보지 못한 아시아의 골목들을 상상해보는 것은 매우 즐거운 일이었다. 또 이번 기회를 통해서 아시아 문학의 주요 흐름을 확인한 것도 중요한 결실이다.

　골목들은 과거와 전통을 간직하기도 하고 미래로 열린 통로로 변화를 이끌기도 하며 삶과 죽음이 공존하는 공간이기도 하다. 이웃 마을로 마실을 가려면 골목 하나 지날 때마다 통행 허가 절차가 까다로워 차라리 포기하고 집 밖에 나가지 않았다는 팔레스타인 사람들의 기막힌 삶을 들으며 그래도 어렸을 적 가난했지만 피난처가 되어주었던 이웃집, 급하면 달려가 돈과 연탄과 반찬 등을 융통할 수 있었던 골목에서의 시간을 떠올려본다. 그 시간들이 내 삶의 자양분이 되었을 것이다.

　잃어버린 골목을 찾아가는 것이야말로 잃어버린 시간과 정체성을 찾아가는 소중한 경험이었다.

재앙의 언어,
치유의 언어

　언어에 온도가 있다면 미국 대통령 트럼프와 북한 통치자 김정은이 주고받은 언어의 온도는 몇 도쯤 될까? 캘리포니아 산불보다 더 뜨거운 불의 언어요 재앙의 언어일 것이다.

　트럼프와 김정은의 막말 설전이 한창일 때 작가 한강이 『뉴욕타임스』에 보낸 기고문을 두고 요즘 설왕설래 말이 많은 모양이다. 누군가는 그의 역사관을 들먹이며 문제점(?)을 지적하기도 하고 누군가는 자신이 하고자 하는 말을 대신해서 조목조목 잘 짚어줘 후련하다고 한다. "미국이 전쟁을 말할 때 한국은 몸서리친다"는 제목의 이 기고문에는 평화를 소망하는 한국인들의 마음이 담겨 있다.

　작년에 있었던 일이다. 내가 평소 알고 지내던 시인의 아내가 갑자기 쓰러졌다. 뇌출혈로 쓰러진 그 아내는 며칠 동안 사경을 헤맸다. 그러자 그는 동료 시인들에게 아내의 병실에서 시를 읽어줄 수 없겠느냐고 요청을 했다. 그러면 아내가 빨리 회복될 수 있을 것 같다는 것이었다. 내게는 그것이 매우 신선하고 놀라운 일로 다가왔다. 병상에 있는 환자를 위해 기도를 하는 일은 흔하지만 아내의 쾌유를 위해 시를 읽어달라니.

그러자 그 부부를 잘 아는 시인 몇이 병실을 방문해 시 낭송을 했다. 그 덕분인지 몰라도 그의 아내는 목숨을 건졌고 길고 무더운 여름 내내 통원하며 재활 치료를 받았다. 그리고 지팡이를 짚고 남편과 함께 나타나서 주위 사람들의 박수를 받았다.

그것은 시의 힘을 믿기 때문에 가능한 일이었다. 평소에 그의 아내는 시를 좋아했을 것이고 자신이 아는 시인들이 직접 찾아와 시 낭송하는 것을 들으며 위안을 받고 삶의 의지를 다졌을 것이다. 시의 힘은 곧 언어의 힘이다.

이러한 예는 얼마든지 있다. 2010년 칠레의 산호세 광산에서 광부들이 지하 700미터에 매몰되어, 69일 만인 10월 13일 구조되었을 때 무엇보다도 인상적이었던 것은 그들이 지하 대피소에서 파블로 네루다와 가브리엘라 미스트랄의 시를 낭송하며 희망을 잃지 않고 버텼다는 점이었다. 우리나라에서 그런 일이 발생했다면 광부들이 과연 어떤 시를 낭송했을 것인가. 과연 시를 낭송하기는 했을 것인가.

말의 힘에 관한 시 중 가장 먼저 떠오르는 시가 정일근 시인의 「신문지 밥상」이다. 삼겹살을 먹기 위해 바닥에 신문지를 깔아본 경험이 누구에게나 있을 것이다. 분명 신문지를 깔고 밥을 먹는 것인데 꼭 밥상 펴라고 말씀하시는 어머니에게 시인이 "신문지가 무슨 밥상이냐"고 하자 어머니는 신문지를 까는 행위는 같더라도 "신문지 깔고" 밥을 먹을지 "밥상 차려" 밥을 먹을지는 그것을 어떻게 명명하느냐에 달려 있다는 깨달음을 시인에게 준다.

사고가 언어를 지배할 때도 있지만 언어가 사고를 지배하기도 한다. 지금은 영화나 게임 같은 이미지가 큰 힘을 발휘하는 시대다. 그러나 일상에서 쓰는 언어는 소통의 가장 큰 부분을 차지한다. 내가 하는 말 한마디가 내 이웃을 행복하게 하고 세상을 따뜻하게 한다.

재앙의 언어, 치유의 언어

밥 딜런과
블랙리스트

최근 몇 년간 문화계를 달군 가장 뜨거운 이슈 중 하나는 밥 딜런의 노벨문학상 수상 소식일 것이다. 가수 밥 딜런만을 기억하기에 백과사전을 찾아보니 '미국의 싱어송라이터, 시인, 화가'로 돼 있다. 밥 딜런의 노랫말은 미국의 고등학교와 대학의 교과서에 실릴 정도로 문학적 가치를 인정받고 있고 몇 해째 노벨문학상 후보에 오르내리기도 하였다.

본명이 로버트 앨런 지머맨으로, 밥 딜런이라는 이름은 자신이 사랑하고 동경했던 영국의 시인 '딜런 토머스'의 이름을 딴 것이다. 2014년 국내에서 개봉된 크리스토퍼 놀란 감독의 〈인터스텔라〉에서 인용된 「순순히 어두운 밤을 받아들이지 마세요(Do not go gentle into that good night)」가 바로 딜런 토머스의 시다. 이 시는 딜런 토머스가 죽어가는 아버지를 위해 지었다고 하는데 "빛이 꺼져감에 분노하고 또 분노하세요"라는 구절에서 마지막까지 죽음과 치열히 맞서 싸우라고 응원하는 아들의 마음이 잘 전해진다. 딜런 토머스는 1930년대를 대표하는 영국 시인으로 낭송의 달인이었으며 소리와 운율을 중시한 음유시적 전통을 지켰다. 밥 딜런은 그러한 딜런 토머스의 영향을 많이 받았던 것이다.

스웨덴 학술원의 사라 다니우스 사무총장은 수상 발표 직후 한 인터뷰에서, "밥 딜런은 귀를 위한 시를 쓴다"고 표현하였다. "2,500년 전 호메로스와 사포의 시를 지금까지 우리가 읽고 즐긴다면 밥 딜런 또한 읽을 수 있고 읽지 않으면 안 된다"고 수상 배경을 밝혔다. 노래하는 음유시인 밥 딜런의 노벨문학상 수상은 문학의 경계를 허물고 대중문학의 새 지평을 연 것으로 평가된다.

밥 딜런은 '무엇'으로 규정되는 것을 두려워했다. 밥 딜런의 자서전이나 평전을 읽어보면 그는 추종자에 의해 교주가 될 마음이 없었으며 무엇에도 속박당하기 싫어했다. 그에게는 자유와 평화가 소중했다. 개인적으로든 사회적으로든.

만약 밥 딜런이 우리나라에 살고 있었다면 어떻게 됐을까. 1941년생인 그는 1960년대와 1970년대 박정희 대통령 시절에 저항 예술가로 찍혀 옥고를 치렀을 것이고 그의 노래는 금지곡이 됐을 것이다. 2010년대에는 일각에서 그를 종북좌파라고 지칭했을 것이며 노벨문학상은커녕 블랙리스트에 올라 공연이 취소되고 이유를 모르는 핍박에 시달려야 했을 것이다.

우리나라 최초로 세계 3대 문학상 중 하나인 맨부커상 인터내셔널 부문을 수상하여 많은 문학인들의 희망이 된 한강 소설가도 1980년 광주를 소재로 한 『소년이 온다』로 인해 블랙리스트에 이름이 올랐다. 집권자의 입맛에 맞지 않은 문학작품을 썼거나 영화 또는 연극 등을 제작했다고 우리나라의 대표 문화예술인들이 불온한 국민으로 분류돼 각종 불이익을 받았다고 한다.

블랙리스트에서 당신 이름을 봤다고 이 땅의 진정한 문화예술인으로 거듭난 걸 축하한다고 하는 사람, 나는 왜 그 명단에서 빠졌느냐고 항의하고 불쾌해하는 사람 등 작금의 사태는 코미디에 가깝다.

참된 예술은 현실에 안주하고 순응하지 않는다. 이번 기회에 예술이란 무엇인가, 문학이란 무엇인가 곰곰 생각해본다.

틈이 있기에 숨결이 나부낀다

우리에게
'민족'이란 무엇일까

오늘은 광복절. 대통령은 8·15 경축사에서 남북 접경 지역에 통일경제특구를 두겠다는 것과 남북 동북아 공동 번영의 비전을 제시했다. "평화가 경제다"라는 새로운 문구도 등장했다. 긴장 완화와 협력이 좋은 결실을 맺으리라는 믿음을 나는 갖고 있다.

우리에게 '민족'이란 무엇일까. 민족이란 일반적으로는, 동일한 지역에서 장기간에 걸쳐 공동 생활을 함으로써 공통된 언어, 풍습, 종교, 정치, 경제, 문화, 역사 등을 갖는 인간 집단을 말한다. 그러나 민족을 한마디로 정의하는 것은 쉬운 일이 아니다.

분단 70년이 넘은 우리나라의 경우 6·25의 상처까지 겹쳐 '민족'은 트라우마를 동반한 예민한 단어가 되었다. '민족'은 자동적으로 '분단'의 현실과 '통일'의 당위성을 떠올리게 하는데, 이 지점에서 세대 차이가 드러난다. 한 설문 조사에 의하면 왜 굳이 통일을 해야 하느냐고 반문하는 젊은이들이 점점 늘고 있다고 한다.

'민족문학작가회의'가 '민족'을 떼고 '한국작가회의'로 거듭난 지 10년이 넘은 지금까지도 '민족'이라는 단어를 단체명에서 떼어내지 않고 유지하고 있는 것이 '민족예술인총연합', 즉 민예총이다. 혹자는 민예총의 '민'을 '민속'이라고 해석하여 풍물인들의 단체로 오해하기도 한다.

올해(2018년) 3월에는 문학으로 분단 현실을 극복하여 민족 통일을 향해 가자는 취지로 민족작가연합이 탄생했다. 그리고 4·27판문점선언을 기념해 남한과 북한, 해외에 있는 시인 203인의 통일시를 모은 통일시집 『도보다리에서 울다 웃다』가 며칠 전에 발간됐다.

최근에 예기치 않은 곳에서 '민족'이라는 단어와 마주친 적이 있다. 북한에서 왔다는 간병인과 대화를 나누는 도중이었다. 그는 대한민국에 와서 가장 부러운 것과 이해가 안 가는 것을 이야기해보라는 내 요청에, 가장 부러운 것은 '자유'고 이해가 안 되는 것은 '애국심이 없다는 것'이라고 대답했다. '애국심'이라는 단어도 정말 오랜만에 들어본 것 같다. 환자를 잘 부탁한다는 내 말에 "당연히 잘 봐드려야지요. 같은 민족인데"라고 하는 것이었다. 그러고 보니 '민족'이라는 단어를 가장 진지하고 열렬한 표정으로 발음하는 것은 텔레비전 속 북한 사람들이었다.

어딘가 '민족'은 낡고 구태의연하고 21세기와 어울리지 않는 단어처럼 여겨지는 것은 왜일까. 그만큼 분단 70년이 길었던 것일까.

틈이 있기에 숨결이 나부낀다

아직도 민족? 아직도 통일? 왜 굳이? 이러면서 의구심을 가지는 사람들이 많아지고 있다. 특히 젊은이들에게 북의 인민들은 점점 더 머나먼 남의 나라 사람들이 돼가고 있다.

일제강점기와 전쟁으로 얼룩진 한국 현대사. 진정한 광복은 아직도 오지 않았다. 우리의 의사와는 상관없이 그어진 삼팔선, 그리고 동족상잔의 결과물인 휴전선. 지금 문학인들이 정말 들여다보고 고민해야 하는 것은 이러한 우리의 역사적 현실이 아닐까. 그 현실 속에서 우리가 펼쳐갈 앞날과 꿈에 대해서.

우리에게 '민족'이란 무엇일까

시간의
향기

이렇게 바빠도 되는 것일까. 시간이 없다는 말이 절로 나온다. 『이상한 나라의 앨리스』에 나오는 토끼처럼 시계를 분침, 초침 단위로 나누어 "바쁘다 바빠" 종종거리며 끊임없이 무언가를 하고 있다. 손을 놓고 있으면 불안하다. 강의를 해야 하고 논문을 써야 하고 행사에 참석해야 하고 이러저러한 모임에도 나가야 한다. 그러다 보면 이름이 알려지고 존재감이 커지게 되리라는 기대감도 있고 실제로 목표했던 것을 부분 달성하기도 한다.

그런데 뿌듯함은 잠깐, 뭔가 자꾸 휘발되는 느낌이 든다. 시간을 쪼개면 쪼갤수록 시간은 점점 더 없어지고 "끝없는 현재의 사라짐"(한병철, 『시간의 향기』)이 있을 뿐이다. 시간의 양은 극히 팽창되었는데 시간의 질을 상실한 것이다. 전혀 바쁘지 않았던 유년 시절의 개개의 기억이 뚜렷이 각인되어 있는 반면 시간을 쪼개가며 살았던 20대 이후의 삶은 뭉뚱그려진 덩어리처럼 다가온다.

한병철 교수는 위의 책에서 활동적 삶 중심의 가치관을 사색적 삶 중심의 가치관으로 바꿔야 시간의 향기를 느낄 수 있다고 말한다. 숲속의 빈터에 햇빛이 비추듯 한순간 드러나는 세계의 모습을 가만히 마주하고 받아들일 시간이 필요하다. 미친 듯이 달려가는 시간을 멈춰 세우고 머무름의 기술을 배우는 것, 아름다운 시간의 흐름을 느낄 수 있는 능력을 기르는 것, 기다림의 감각을 복원하는 것. 시간을 양이 아니라 질적으로 확보하는 것이 필요하다. 이렇게 할 수 있는 최선의 처방은 여행을 떠나는 것이다.

여행은 일정한 공간을 왕복하며 반복되는 일상을 당장 멈추고 다른 시간과 공간에 '나'를 밀어 넣는 것이다. 낯선 곳에서 나와는 다른 환경과 가치관을 가진 사람들의 생활과 문화를 둘러보며 자신의 삶과 당면한 어려움을 다른 시각으로 돌아보게 된다. 그래서 여행을 많이 다니다 보면 세상에 대한 이해의 폭이 저절로 넓어지는 걸 스스로 느낄 때가 있다. 나만의 특수한 삶이 아닌 인류의 보편적 삶에 대해 사색하게 되는 것이다.

떠나는 사람에게 여행은 '설렘'이고 '새로운 발견'이며 '충만함'이다. 그런 점에서 시와 많이 닮았다. 여행을 하면서 우리는 삶의 노역에서 벗어나 휴식을 하며 자유로움을 느낀다. 여행은 때로 구도의 길을 걷는 것과 같은 경건함을 주며, 어떤 이에게는 치유를, 어떤 이에게는 도전의 계기가 된다. 새로운 사람들과의 특별한 만남도 이루어진다.

단 한 번의 여행이 삶을 결정적으로 바꾼 예는 무수히 많다. 운명적인 여행의 한 예로 연암 박지원의 열하행을 들 수 있다. 그건 우발적 여행이 아니었다. 신문물을 접하고자 하는 열망뿐 아니라 자신을 알아주는 사람을 만나기 위해 평생을 벼르고 별러 준비해온 여행이었고 그의 감각의 촉수는 예민하고 날카로웠다. 조선 사행으로서는 최초로 열하에 가게 된 연암은 약 5개월여에 걸친 중국 기행을 마치고 짐 보따리보다 더 덩치가 큰 메모 뭉치를 들고 돌아와 3년여 만에 『열하일기』를 완성했다. 『열하일기』는 길 위에서 얻은 결과물이다. 만약 연암이 길 위에 나서지 않았다면 「호질」을 발견하지 못했을 것이고 「허생전」을 구술하지 못했을 것이다. 호곡장(好哭場)이나 코끼리를 통해 우주의 비의를 본 「상기(象記)」 등도 탄생하지 않았을 것이다. 아이 같은 호기심, 끊임없이 던지는 질문, 새로운 문물에 대한 관찰과 사색, 초대받지 않은 자로서 역할과 책임에서 벗어난 자유로움, 솔직함을 바탕으로 한 풍자와 해학 등 그는 여행자의 미덕을 골고루 갖추었다.

여행은 홀로 떠나라고 한다. 무리를 지어 몰려다니다 보면 육체적 감각만 만족시키는 시간이 되기 쉽기 때문이다. 홀로 사색할 수 있는 시간이 주어지지 않는다. 그야말로 주마간산, 풍광만 훑는 관광이 되기 쉽다.

괴물 또는
프랑켄슈타인

A가 B를 '괴물'이라고 표현한 시를 문예지에 발표했을 때 나는 엉뚱하게도 메리 셸리의 소설 『프랑켄슈타인』이 떠올랐다. 그건 '괴물'이라는 단어에서 자동적으로 연상된 이미지로 그만큼 프랑켄슈타인이 괴물의 대명사로 알려졌기 때문이다. 유전자 조작 식품을 '프랑켄 푸드'라고 부르기도 하는데, 인간이 만들어낸 요망한 괴물과 같은 식품이란 뜻이다.

그런데 사실 프랑켄슈타인은 괴물을 창조한 과학자의 이름이다. 괴물은 이름을 부여받지도 못한 채 창조주인 빅터 프랑켄슈타인으로부터 버림을 받았다.

자신의 자아 같은 것은 형성되어 있지 않았고 의지할 사람도, 핏줄도 없었던 괴물은 자신이 떠나온 길은 '빈칸'이었다고 말한다. 생김새는 소름이 끼쳤고 체구는 거대했다. 나는 누구일까? 나는 무엇일까? 어떻게 해서 생겨나게 되었지? 내 운명은 무엇일까? 이런 의문들이 꼬리를 물고 생겨났지만 풀 수가 없었다.

추악하게 생겼다는 이유로 창조주에게 버림받은 괴물은, 바꿔 생각해보면 영문 모른 채 이 세상에 던져진 인간의 모습 같기도 하다.

메리 셸리가 이 소설을 출간한 것이 1818년이니 올해로 꼭 200년이 되었다. 사람의 손으로 창조한 끔찍한 괴물이 창조주를 위협한다는 내용으로 인간이 자신의 피조물을 어디까지 책임질 수 있을지에 대한 철학적인 고민이 담겨 있으며 도덕적 책임이 없는 과학 발전이나 기술 발전에 대한 경고를 하고 있다. 괴물을 중심으로 재조명되면서 생명의 탄생, 죽음, 가족, 과학, 신, 부모(창조주)로서의 의무, 소외와 의사소통의 문제 등과 같은 묵직하면서도 다양한 주제들 때문에 여전히 현재성을 지닌 작품으로 평가받고 있다. 프랑켄슈타인 산업이라고 불릴 정도로 극본·드라마·팝송·동화·만화·인형 제작 등 다양한 분야로 접목이 되고 있고 특히 영화를 통해서 끝없이 재창조되고 있다.

소설『프랑켄슈타인』은 고딕 양식의 공포소설이지만 SF소설, 로봇 장르의 원조로 여겨지기도 한다. 영화 〈에이리언〉으로 유명한 리들리 스콧 감독은 2010년대에 〈프로메테우스〉와 〈에이리언 : 커버넌트〉를 잇달아 발표했는데 두 영화 모두 소설『프랑켄슈타인』에서 영감을 많이 받은 인상을 준다.

원래 로봇이라는 단어는 체코 작가 카렐 차페크가 1920년에 발표한 「로섬의 만능 로봇」이라는 희곡에서 유래했다고 한다. 차페크가 설정한 로봇은 기계가 아니라 미국의 로섬사가 인공 단백질로 만든 인조인간이다.

스티븐 호킹 박사는 지구가 멸망한다면 환경이나 인공지능 때문일 것이라고 한 적이 있다. 과학소설 작가 아이작 아시모프는 이처럼 '로봇이 인간에게 반역할 것이라는 기계 혐오에 기인한 서구의 뿌리 깊은 불안'을 프랑켄슈타인 콤플렉스라고 불렀다. 프랑켄슈타인 콤플렉스는 창조자인 인간이 로봇에 대해 가지는 혐오, 부정, 질투, 열등감 등을 포함한 복합적인 감정을 가리킨다.

다시 처음의 괴물 이야기로 돌아가보자. 인간과 괴물의 경계선을 어디에 그을 것인가? 인간은 언제 괴물이 될까? 니체는 "괴물과 싸우는 자는 자신 역시 괴물이 되지 않도록 경계해야 한다. 그대가 한참 동안 심연을 들여다보고 있을 때, 심연 또한 그대를 들여다보고 있다"고 했다.

인간은 자기반성이 없을 때 괴물이 된다. 그리고 괴물과 싸우다가 괴물이 되어갈 수도 있다. 끝없는 성찰이 필요하다.

예술가의
재산 목록 1호

최근에 질문지 하나를 받은 적이 있다. '예술가로 살아가기'란 제목으로, 예술을 하면서 꾸준히 고민하고 있는 것, 예술 활동에 있어 가장 어려운 점, 슬럼프 극복 방법 등에 관한 질문들이었다. 그중 예술가로 살면서 가장 중요하다고 생각하는 것은 무엇인가 하는 항목이 있었다. 그에 대한 내 대답은 다음과 같았다.

"누가 뭐라 해도 자신의 작품에 대한 자긍심, 예술가로서의 자신에 대한 확신이 필요하지요. 제가 시에 첫발을 딛게 된 게, '좋은 시인이 될 것 같다'는 어느 시인의 말 한마디 때문이었는데 지금도 그 말의 힘을 믿습니다. …(중략)… 앞날에 지금보다 더 좋은 시를 쓸 수 있으리라는 믿음이 있으니 제 시에 관한 한, 저는 낙관주의자입니다."

자존심, 자긍심, 자만심. 창작에 있어서는 이게 꼭 필요하다는 게 내 생각이다. 그렇다고 해서 작품에 대한 비평이나 비판을 듣지 말라는 게 아니다. 겸손하되, 작품에 있어서는 절대 꺾여서는 안 될 결기 같은 걸 갖고 있어야 한다는 말이다.

그런데 자신의 작품에 대해 자긍심이 지나친 나머지 자신에게 비평의 칼날을 들이댄 사람들에게 언어 폭력을 행사하면서 괴롭히는 사람들이 있다. 작고한 시인들 중에도 그런 분이 있었다고 들었거니와 현재 시작을 하고 있는 시인들 중에도 소중한 자신의 작품에 대해 듣기 싫은 말을 할라치면 마음속에 칼을 품고 시도 때도 없이 자신의 분이 풀릴 때까지 보복하는 사람들이 있다.

억울할 때도 있을 것이다. 그러나 정말로 자긍심과 자만심과 자존심이 있는 사람이라면 냉정하게 생각해봐야 한다. 내가 부족한 게 아니었는지, 아니면 그 사람의 안목이 그것밖에 안 돼서 수작(秀作)을 못 알아본 게 아닌지……. 안목 부족이라면 그 사람 안목이 낮은 걸 알고 웃으며 넘어가면 될 것이고, 내가 부족한 거라면 더 열심히 써서 절차탁마하면 될 것이다.

몇 년 전 모 계간지 송년회 자리였다고 생각되는데, 등단한 지 얼마 안 되는 후배 시인에게 그보다는 몇 년 앞서 등단한 선배 시인이 물었다.

"요즘 발표되는 작품 중에 누구 작품이 제일 잘 쓴 것 같아?"

한참을 생각하던 후배 시인이 대답했다.

"나."

예술가의 재산 목록 1호

등 뒤에서 그들이 주고받는 대화를 듣고 속으로 얼마나 웃었는지 모른다. 2차 자리였고 얼큰히 취하기도 했지만 진심이었을 것이다. 몇 년이 지난 지금, 대화를 주고받던 선후배 모두 두 번째 시집을 준비 중일 것이다. 그러한 자신감을 가지고 계속 정진했다면 곧 나올 두 번째 시집에 좋은 시가 많으리라고 생각하며 기다리고 있는 중이다.

그 질문지의 마지막 질문은 '어떤 작가로 기억되고 싶은가'였고 삶도 작품도 훌륭했다는 소리를 듣고 싶다는 것이 내 대답이었다. 삶도 작품도 훌륭하기. 미당 서정주가 작품만큼 삶이 훌륭했더라면 미당을 둘러싼 후배 시인들의 딜레마도 없었을 것이다.

4월,
섬의 잔혹사

목련, 벚꽃, 산수유, 조팝꽃들이 서로 다투어 급히 피어나고 한꺼번에 하르르 지고 있다. 자연도 사람들처럼 조급증이 드는 걸까. 미세먼지와 초미세먼지로 종일 뿌연 대기 속에서 퇴색된 그림처럼 꽃들은 그렇게 왔다가 사라져간다.

4월은 1년 중 아름다운 계절이지만 현대사에서 가장 잔혹한 일이 일어났던 달이기도 하다. 4·3이 일어난 지 올해로 70년. 제주도민들은 친척이나 이웃들 중에 희생자가 없는 집이 거의 없을 정도라고 한다. 그리고 4·16 세월호가 있다. 올해로 4주년. 304명의 희생자를 낸 세월호 침몰 당시 국가는 아무 일도 하지 않느라 애썼다. 국가가 국민의 생명과 안전을 외면할 수도 있다는 산 교훈을 주었던 세월호는 사고가 어떻게 사건이 될 수 있는지를 극명하게 보여주었다. 성격이 다르긴 하지만 4·19혁명 당시 희생된 사람들도 많다. 이렇게 내게 4월은 내내 추모의 시간이다. 봄이 오기 전에 먼저 몸이 아픈 건 그래서인지도 모른다.

아이들이 도착하지 못한 아름다운 4월의 섬을 생각해본다. 섬의 4월엔 온갖 야생화들이 기지개를 켠다. 노랗거나 붉은 꽃들의 물결, 따뜻한 햇살과 푸른 바다로 아름답기 그지없는……

섬의 달력은 일반 달력들과 다르다. 거기에는 달의 나라가 펼쳐져 있고 밀물과 썰물, 물의 고저에 따른 1년이 담겨 있다. 물로 세상을 읽는 물의 가족이다. 물이 조금밖에 들지 않는 조금 때에 아이들은 생겨나고 어느 풍랑에 한꺼번에 목숨을 잃기도 해, 생일도 함께 쇠고 제사도 함께 지내는 집들이 생겨난다.

어부들의 달력을 본 곳이 어디였나 기억을 더듬어보니 선감도 경로당에서다. 선감도는 대부도와 인접한 섬으로 대부도처럼 육지와 연결되어 있다. 포도밭을 따라 경기창작센터에 거의 다다를 즈음, 언덕받이에 '선감학원 위령제'라는 현수막이 걸려 있었다. 원두막과 수풀에 가려 잘 보이지 않았지만 그곳은 묘지였고 놀랍게도 아이들이 수백 명 묻혀 있다고 했다.

선감학원은 1942년, 일본인들이 소년들의 감화시설을 만든다는 명목 아래 굶주림과 강제노역으로 학대를 행하던 곳이다. 약 500여 명의 아이들이 '어린이 근로정신봉사대'로 불리며 전쟁 군수물자 제작에 동원됐다. 광복 이후로도 약 300여 명의 소년들이 잡혀와 바다를 메워 염전을 만드는 강제노역에 동원되는 등 1982년까지 존속됐다. 지구상에서 찾아볼 수 없는 어린이 강제노동수용소였던 것이다. 더 놀라운 것은 이 같은 사실이 선감학원 부원장이었던 아버지를 따라 선감도에서 어린 시절을 보냈던 일본인 이하라 히로미쓰에 의해서 세상에 알려졌다는 점이다.

2017년이 돼서야 경기도에서 피해자 지원 사전조사를 연구용역 주고 위령제를 개최했지만 선감학원이 대한민국 정부에 의해서 그 오랜 시간 존속됐다는 것이 가장 놀라울 뿐이다. 검거 실적을 올리려는 경찰들의 무자비한 행태로 부모가 있는 아이들까지도 마구잡이로 잡혀갔다. 굶주림과 노역과 병으로 많은 아이들이 희생되었고 탈출하다가 조류에 휩쓸려 죽기도 했다. 정확히 몇 명이나 죽었는지조차 알 수가 없다. 생존자들은 오랜 시간이 흐른 지금에 와서도 눈물 없이는 그 당시를 회상할 수 없을 정도라고 하니 그야말로 유례 없는 아동 인권 유린의 현장이다.

> 선감도 소년들이시여
> 어머니 기다리시는 집으로 밀물치듯 어희 돌아들 가소서
> 이 비루한 역사를 용서하소서
> — 홍일선, 「한 역사」 부분

끝내 귀향할 수 없었던 아이들을 생각해본다. 그 아이들의 고통과 슬픔, 두려움을. 4월의 꽃들에 대해, 아름다운 섬들에 대해 이야

기하고 싶었으나 결국 역사의 비극 속에 채 피지도 못한 아이들에
대한 생각으로 마무리하고 말았다.

틈이 있기에 숨결이 나부낀다

이곳에
살기 위하여

국경을 넘는다는 것

몇 년 전 읽은 책 중에 내게 충격과 고통을 안겨주었던 것이 탈북 시인 최진이의 『국경을 세 번 건넌 여자』이다. 2000년대 들어 탈북인을 주인공으로 한 작품들은 많이 발표돼왔고 몇 작품은 읽어보기도 했지만 탈북 문인이 쓴 수기는 처음 접하는 것이었다. 그런데 그 안에는 피상적으로만 알고 있던 북한의 실상과 북한 탈출 과정이 적나라하게 그려져 있었다. 작가로서의 고민, 인간이자 여성으로서의 자존감, 타자로서 그가 본 남한 사회의 이모저모까지 숱한 문제를 제기하고 있다.

혼자 읽기에는 아까운 글이기에 지인에게 읽어보라고 권했다. 그는 종종 자녀들에게 좋은 책을 권하곤 했는데 비슷한 시기에 읽은 다른 책은 권하면서 그 책을 권하는 것은 망설였다. "뭔지 모를 불편함" 때문이라고 하더니 다시 말을 정정했다. 외면해서는 안 될 것을 외면하고 있는 듯한 느낌이 들기 때문이라고 했다. 대다수의 사람들이 이와 비슷한 반응을 보이지 않을까.

남한에 정착한 탈북인들에 대한 이야기가 나오면 곧바로 누군가 '다문화' 문제를 끄집어내는 경우가 많다. 그러나 탈북인들은 '다문화'로 뭉뚱그리기에는 너무나 복잡하고 어려운 문제들을 안고 있다. 그들은 이미 북한을 떠날 때부터 숱한 상처를 입었으며, 남북한의 특수 관계 때문에 노동이나 결혼 이주민들보다 더 힘든 입국과 정착 과정을 겪게 된다. 일자리를 구하려 해도 '탈북인'이라면 머리를 젓지만 '조선족'이라고 하면 일을 구하기가 훨씬 쉬워진다. 그게 보편적 정서인데도 군이 '다문화'라는 넓은 테두리에 넣으려 한다. 통일 문제까지 연상되면서 심경 복잡해지고 머리가 아파지면서 깊이 생각해보기를 꺼려하는 것이다.

탈북인들에게 남한 적응 과정 중에서 가장 힘든 게 뭐냐고 물어보면 여러 가지 어려움 중에서도 북한과 탈북인에 대한 '편견'을 꼽는다. 그건 어쩌면 당연한 일인지도 모른다. 남한과 북한은 정말 서로를 너무 모르니까. '그들은 이럴 것이다'라고 단정 짓고는 더 이상 이해하려 하지 않으려 한다.

중국에 있는 탈북인들이 이미 10만 명을 넘고 남한에 입국한 사람만 해도 벌써 3만 명이 넘었다고 한다. 이는 갈수록 급증하는 추세고, 불과 몇 년 전만 해도 국내에 정착한 탈북인이 만 명이 채 안 되었던 것에 비하면 엄청나게 빠른 속도로 증가하고 있는 것이다.

국경을 넘는 사람들을 생각하다 보면 김동환의 장시 「국경의 밤」 이 떠오른다. 그 시가 쓰인 이전에도 강은 흘렀고 여전히 흐르고 있고 앞으로도 흐를 것이다. 이러저러한 이유로 그 강물에 몸을 담그는 사람들은 또 얼마나 많을까. 만약 국경에 꽃이 핀다면 그 꽃은 고난으로 인한 상처로 피범벅된 꽃일 것이다.

탈북인들의 시를 읽다 보면 압록강과 두만강의 물소리가 귓속을 파고들며 가슴을 먹먹하게 만들고 섬뜩하리만큼 차가운 물이 뇌와 심장을 적시는 것 같다. 사랑하는 이의 귀가를 마음 졸이며 기다리는 누군가의 한숨이 짙게 들린다. 인위적인 경계선을 온몸으로 지우며 사는 사람들.

우리 속의 타자들

정의가 '타자를 아무 편견 없이 대하는 것'이라 한다면 탈북인들 같은 소수자, 이방인들을 우리 사회의 구성원으로 인정하고 받아들이는 것은 매우 중요한 의미를 갖는다. 그래야 그들이 스스로의 삶을 보듬고 타인과 소통하면서 이곳에 뿌리를 내릴 수 있다.

타자 속의 나를 발견하고 내 속의 타자를 발견하는 것. 인간이기 때문에 공유하는 내적 세계에 눈뜨며, 예술은 결국 어떻게 사랑하

이곳에 살기 위하여

며 살 것인가에 천착하게 된다. 수많은 사람들이 의문을 품는다. 이 시대에 문학이 무엇을 할 수 있는가 하고. 그건 배부른 자들의 회의가 아닐까. 또 누군가는 이야기한다. 아무것도 할 수 없으면서도 무엇이든 할 수 있는 게 문학이라고. "아픈 곳에 자꾸 손이 간다"는 이윤학 시인의 시구처럼 문학은 상처를 바탕으로 꽃피운다.

그렇다. 내 속의 어둠을 자각하게 일깨워주는 것, 그 어둠을 깨치고 나갈 힘을 불러일으키는 것도 문학이다. 그뿐인가. 내 속의 어둠을 언어로 표현해서 수많은 사람의 공감을 일으키고 사회적 연대의식을 갖게 할 수도 있다. 또 우리 속의 타자에 관심을 갖고 소통하려고 시도할 수도 있으며 '타자가 곧 자신'이라는 깨달음을 이끌어내기도 한다.

탈북인들에게 창작은 탈북 과정에서 겪었을 상처와 정착 과정에서 겪고 있는 소외, 그리고 문화적 충격을 치유하는 행위다. 그들이 가장 먼저 해야 할 일은 목구멍까지 차오른 그리움을 몸 바깥으로 터뜨리는 것이다. 우리가 해야 할 일은, 그렇게 터져 나온 목소리를 모른 체하지 않는 것이다. 그것이 최소한의 인간적 예의다.

너무나 가까워서 너무나 먼

북한 이탈 청소년들의 배움터인 한겨레학교 아이들의 얼굴이 떠오른다. 어둠의 탯줄을 잘라 먹고 새날의 씨앗이 되기를 소망했던 아이들. 지금도 여전히 내면에 두만강의 바람과 압록강의 거센 물결, 서해의 밀물과 썰물이 흐르고 있을 것이다. 그들의 글을 읽으면서 나는 내 안의 강과 사막, 경계선을 숱하게 넘나들었고 그 경계선들이 지워지는 체험을 했다.

그들의 언어는 그리움의 언어였다. 상실한 것에의 그리움. 마치 시인 백석이 그랬던 것처럼 고향에 대한 근원적이고 절절한 그리움이 그대로 배어났다. 너무도 가까워서 오히려 더 멀리 우회해야 했던 이들의 행적과 내면의 고민들이 날것인 채로 펼쳐졌다. 서투르면서도 투박한 그 속에 가슴을 때리는 무수한 망치와 송곳이 있었다.

네 살 때 엄마 등에 업혀 압록강을 건넜다는 목란, 중국 경찰에게 잡힌 것이 생애 첫 기억이라는 가헌, 함께 살아온 친할머니께 그저 놀러 간다고 거짓말하고 집을 나선 련화, 엄마 같은 할머니가 말실수할까 봐 말없이 떠나온 은실······.

문학은 호명하는 행위다. 일찍이 윤동주가 그러했던 것처럼 패, 경, 옥, 그리운 이름을 불러보는 것이다. 그리고 그러한 호명의 행위 속에 이미 상처 치유의 길은 마련되어 있다.

건너오는 과정뿐 아니라 정착하는 과정에서도 마음의 고초가 심한 이들. 과연 자유로워질 수 있을까.

이곳에 살기 위하여

끝나지 않은
귀향길

　며칠 따스하다 싶더니 미세먼지가 자욱해 맑은 하늘을 볼 수가
없었는데 지금은 다행히 대기가 잠깐 맑아진 듯했다.

　평일 오후 수원 올림픽공원은 한적하다. 맑은 햇살이 소녀상의
옆얼굴을 쓰다듬고 있다. 슬픈 듯, 화난 듯 야무지고 당차 보이는
얼굴이다. 빨간 털실 모자에 흰 털실 귀마개, 군청색 목도리. 한겨
울이라 추울까 봐 누군가 모자를 씌우고 목도리를 둘러준 것이리
라. 왼쪽 발등에는 핫팩이 놓여 있다. 여름엔 햇볕을 가리는 모자가
머리에 씌워져 있거나 발치에 우산이 놓이거나 한다. 풍상(風霜)의
세월을 겪어낸 일본군 위안부 할머니들이 더 이상 폭염과 혹한에
시달리지 않았으면 하는 간절한 바람일 것이다. 왼발 옆에 흰 고무
신 한 켤레가 놓여 있다.

　일본군 위안부로 끌려갔던 수많은 소녀들은 일본군 패전 이후

버려졌거나 죽임을 당했고, 극소수만 간신히 조국에 돌아왔지만 이들을 반겨주는 곳은 없었다. 지금까지도 귀국하지 못하고 만주 등 해외에 있는 분들도 꽤 있다.

땅에 닿지 못한 소녀의 발뒤꿈치에는 떠돌듯 불안하게 살아온 할머니들의 삶이 담겨 있다. 언제쯤이면 뒤꿈치로 편안하게 땅을 디딜 수 있을까? 그건 일본이 진심 어린 사과를 하는 때일 것이다.

소녀상 옆에 놓인 빈 의자에 앉는다. 옆에서 보니 얼굴이 더 단호해 보인다. 이 빈자리에 앉아도 되는 걸까? 평화의 소녀상을 제작한 작가는 이 빈자리를 "할머니가 앉았던 곳, 그리고 우리가 함께해야 할 빈자리, 우리 아이들의 평화로운 미래를 위해 앉아야 할 약속의 자리"라고 한 적이 있다.

과거와 현재와 미래가 공존하는 자리에 앉아 소녀의 주먹 쥔 손을 잡는다. 생각보다 차갑지 않다. 오히려 온기가 느껴지는 것 같다. 맨발과 맨손으로 역사의 격랑을 헤쳐왔을 것이다. 그야말로 맨몸으로. 지우고 싶지만 기억해야 할 역사. 동상은 우상이 되기 쉽지만 평화의 소녀상은 다르다.

소설가 윤정모의 『에미 이름은 조센삐였다』를 읽었을 때의 놀라움을 기억한다. 1982년 발표된 이 소설을 통해 나는 일본군 '위안부'의 실체를 처음 접했다. 물론 연구자들의 연구 발표들은 있었지만 그것은 일반인들이 접근하기 어려운 자료였다.

몇 년 뒤인 1990년 한국정신대문제대책협의회가 결성되고 1992년 일본군 위안부 할머니들이 참석하여 주한일본대사관 앞에서 첫 수요시위가 열렸다. 매주 수요일 12시마다 일본대사관 앞에서 지금도 열리고 있는 수요시위는 세상에서 가장 오래된 시위로 기록되고 있다.

수요시위 1000회를 기념해 2011년 12월 14일 주한일본대사관 앞에 첫 평화의 소녀상이 세워졌고 수원에서는 2014년 3월부터 시민 모금을 시작해 2014년 5월 3일, 4,020명의 시민과 133개 단체의 성금을 모아 수원 평화의 소녀상을 세우고 제막식을 하였다.

아름드리 소나무를 등지고 소녀는 동쪽을 바라보고 있다. 나는 소녀가 바라보는 방향을 좇아 시력을 모은다. 소녀는 무엇을 바라보고 있는 것일까? 지나간 시간을, 역사를, 그럼에도 아직 오지 않은 무언가를 기다리고 있는 것일까?

"일본 정부의 공식 사과와 법적 배상을 촉구하며, 일본군 위안부 피해 여성들의 인권과 명예 회복을 바라는 마음으로" 이곳에 소녀상을 세웠다고 안내판에 적혀 있다. 매일 아침 수원에 뜨는 해를 바라보며 자신의 소망이 이루어지기를 빌고 있을 것만 같다.

패전 70년을 맞아 2015년 강제수용소를 직접 방문한 독일 메르켈 총리는 다음과 같이 말했다. "나치 과오에 대한 책임에는 마침표가 없다. 역사에 대해 이미 끝난 일이니 더는 거론할 필요가 없다는 태도를 보여서는 안 된다." 같은 전범국이면서 일본이 피해 국가에 보이고 있는 태도와 얼마나 다른지……. 반성할 줄 모르면 역사는 반복된다.

"우리는 아직 전쟁이 끝나지 않았어요. 우리 문제가 해결되어야 전쟁이 끝나는 것입니다."(이용수 할머니)

"나는 집으로 돌아가고 싶어요. 열세 살에 집을 떠나 해방이 된 지 70년이 지났는데도 나는 아직 평양 우리 집으로 돌아가지 못하고 있어요."(길원옥 할머니)

그렇다. 우리는 광복 70년이 지났는데도 여전히 전쟁 중이고 귀향 중이다. 일본군 위안부 할머니들의 평화는 곧 우리의 평화다. 그리고 세계인의 평화로 이어진다.

그런 마음들이 통했는지 국내 곳곳에, 더 나아가 세계 곳곳에 평화의 소녀상이 세워지기 시작했다. 작년 3월에는 독일 바이에른주 파빌리온 공원에 평화의 소녀상이 세워졌다. 미국, 캐나다, 호주, 중국 등에 이어 유럽에서는 처음이다. 수원 평화의 소녀상을 만든 김서경·김운성 작가의 같은 작품으로 수원추진위가 시민 모금을 통해 제작비를 댔다.

어느새 주위 공기가 차가워지고 있다. 소녀상의 그림자도 길어져 있다. 마지막으로 한 번 더 소녀상의 손을 꼭 쥐어주고 돌아서는데 독립운동가 임면수 선생의 동상이 언뜻 보인다. 역사는 동상의 모습으로 조우하기도 한다.

이야기는
자란다

지금 서울에선 서울국제문학포럼이 열리고 있다. 세계문학의 중심에 있는 문호들과 작가들이 모여 오늘날 문학의 위상과 역할에 대해 논의하는 자리인데 행사 참여자 중에 한국을 처음 방문하는 벨라루스 출신의 스베틀라나 알렉시예비치가 있다. 그는 2015년 노벨문학상 수상자로 '목소리 소설'이라는 독특한 형식을 낳은 작가로 유명하다. 논픽션이지만 마치 소설처럼 읽히는 그의 글에는 전쟁과 핵에 의해 희생된 평범한 사람들의 작은 목소리들이 담겨 있다.

그는 처음부터 계획한 것은 아니었다고 했다. 제2차 세계대전에 참전한 여성들의 이야기를 다룬 『전쟁은 여자의 얼굴을 하지 않았다』와 전쟁을 목격한 전쟁고아들을 인터뷰한 책 『마지막 목격자들』을 차례로 펴냈다. 아프간 전쟁이 터진 상황이었고 전장에 직접 가

봐야겠다고 생각해서 아프간 전쟁의 참상을 다룬 『아연 소년들』을 쓰게 되었다. 그 이후로 주요한 참상에 대해 써야겠다고 생각했다. 체르노빌 원전 사고가 발생하자 『체르노빌의 목소리』를 썼고, 소련 해체 이후에 『세컨드핸드 타임』을 썼다.

"나는 레닌 시대부터 소련 해체 시점까지 살아온 모든 이들을 알았고 그들의 증언을 들었다. 올해가 러시아 혁명 100주년인데, 나는 그 100년의 증인이고자 했다."(『한겨레』 기자와의 인터뷰 중에서)

그는 체르노빌 이후 새 역사가 시작되었고 이제 인류의 역사는 전쟁의 역사일 뿐 아니라 재난의 역사가 될 것이라며 핵의 위험성에 대해 강력하게 경고하고 있다. 무기로 사용되는 핵은 두려웠지만 일상 속의 핵은 인간의 친구라고 배웠던 사람들은 군용 핵과 민간용 핵이 똑같다는 것을 알게 되었다고 했다. 그는 국가가 이용하고 죽인 작은 사람들의 삶이 역사 속에서 사라지지 않게 하기 위해 글을 쓰고 있다고 한다.

영웅이 아닌 작고 평범한 사람들의 증언으로 채워진 그의 글에는 붉은 울음들이 가득 차 있고 마치 현장에 가 있는 것처럼 생생했다. 이야기가 가진 힘이 느껴졌다.

핍진하게 다가오는 목소리들을 읽다가 며칠 전 텔레비전을 통해 보았던 광주 5 · 18민주화운동 기념식의 한 장면이 떠올랐다. 1980년 5월 18일에 태어났지만 아버지의 얼굴도 보지 못한 김소형(37세) 씨는 추모글을 읽던 도중 울음을 터뜨렸다. 김 씨의 아버지는 전남

이야기는 자란다

완도 수협에서 근무하다 딸이 태어났다는 소식을 듣고 광주로 왔다가 목숨을 잃었다.

"철없었을 때는 '내가 태어나지 않았다면 아빠와 엄마는 지금도 참 행복하게 살아 계셨을 텐데'라고 생각했다. 하지만 한 번도 당신을 보지 못한 소녀가 이제 당신보다 더 커버린 나이가 되고 나서야 비로소 당신을 이렇게 부를 수 있게 되었다. 아버지, 당신이 제게 사랑이었음을, 당신을 비롯한 37년 전의 모든 아버지들이 우리가 행복하게 걸어가는 내일의 밝은 길을 열어주셨음을…… 사랑합니다, 아버지."

기념식에 참석했던 대통령과 많은 사람들, 그리고 그 장면을 텔레비전을 통해 지켜보던 숱한 사람들을 울린 이 추모사를 들으면서 우리 현대사를 생각해보았다. 일제 식민지 시대와 4 · 3, 6 · 25와 4 · 19, 5 · 18에 이르기까지, 소수의 사람들이 시작한 전쟁과 비극 중에서 희생된 것은 이름 없이 사라져간 '작은 사람'들이었다. 역사가 소수 영웅들의 이야기로 채워진 이야기라면 그 속에서 이름 없이 사라져간 숱한 작은 영웅들의 이야기는 누가 기록하고 후세에 전해야 하는 걸까?

고은 시인의 『만인보』가 새삼 소중하게 다가오는 까닭도 이 때문이다. 묵묵히 끝까지 자신의 자리를 지킨 이름 없는 사람들이 좀 더 기억되고 중요하게 여겨지는 사회가 되어야 한다.

틈이 있기에 숨결이 나부낀다

적폐와
입장

　적폐는 오랫동안 쌓여온 폐단이다. 한 번 나서면 죽을 때까지 이어지는 게 시업(詩業)이라 할 때 시야말로 철저한 자기성찰이 끝없이 요구된다.

　내가 일상에서 저지르고 있는 적폐와 내 시 속의 적폐를 곰곰 생각해본다. 비판의 칼날을 외부로만 향할 수는 없는 일이다. 우리 사회 곳곳에서 진행되고 있는 적폐 청산에서 문단도 자유롭지 않고 시작(詩作)도 자유롭지 않다.

　지금 우리 사회는 들끓고 있다. 문화예술계, 법조계, 언론계, 의료계 심지어 인권단체에서조차 총체적으로 번지고 있는 'Me too'는 시대가 바뀌고 있음을, 다가올 새로운 시대의 지형도를 그려보게 한다.

　내가 살아낸 1960년대와 1970년대 그리고 1980년대에는 알게

적폐와 입장

모르게 지금으로선 상상도 못 할 일들이 일상에서 다반사로 벌어지곤 했다. 그것은 너무도 당연히 버젓이 벌어지곤 해서 어떤 문제의식이나 분노를 일으키기보다는 성장기에 으레 누구나 겪는 일쯤으로 치부되고는 했다. 길거리에서 어린 사내아이가 오줌을 싸는 모습을 보면 그놈 고추 실하게 생겼네 하며 동네 어른들이 고추 따 먹자고 달려들어 놀란 아이가 줄행랑을 치면 다같이 웃던 시대였고 신체적 접촉에 대해 남녀노소가 비교적 관대했다. 내가 받았던 교육이나 주변 환경은 남녀 평등이나 아이 또는 여성의 성에 대해 아직 아무런 의식이 없었다. 만약 불합리한 일을 당했다 할지라도 그것을 호소할 데도 없었고 호소하는 이가 되레 자신의 행실을 돌아보며 반성해야 하거나 더 피해를 보는 상황이었다.

생각해보면 어릴 때 하던 남자들의 놀이, 모든 불행은 이것으로부터 시작된 것 같다.

남자아이들이 "아이스께끼"라며 여자아이들의 치마를 들출 때 어른들은 그놈들 또 짓궂은 장난을 하는구나 하면서 지나쳤으며 학교 선생님들도 마찬가지의 반응이었다. 남자아이들이라면 으레 그런 과정을 거쳐서 성장하는 걸로 알고 있었다. 만약 그때 눈물을 쏙 뺄 정도로 야단을 치는 어른이 있었다면, 더 나아가 그것이 범죄가 될 수도 있음을 주지시키는 사람이 있었다면 지금의 성추행, 성폭행으로 인한 'Me too'는 필요 없었을 것이다.

'아이스께끼'라는 장난은 어릴 때는 학교 운동장에서, 자라서는

지하철로, 버스로 연장되었다. 장난과 범죄의 경계선이 모호한 채로 이들은 자라서 검사가 되고 연예기획사 대표가 되고 시인이 되고 정치인이 되어 이 사회를 끌어가는 주축이 되었다. 그리고 그들은 어린 시절의 '아이스께끼' 장난처럼 대수롭지 않게 여성들의 몸을 만지거나 치마를 들추었다.

특히 문단의 성추행 건은 정신의 자유로움과 생활의 자유로움을 혼동한 사람들이 타자에 대한 이해나 배려 없이 자신의 욕망을 투영한 결과다. 2000년대 초반, 문단 새내기였던 내 눈에는 선배 문인들의 거침없는 기행이야말로 그들이 자유로운 영혼이라는 증거였으며 그 과정에서 흔히 오르내리는 모 시인의 폭력적 광기, 모 작가의 화려한 여성 편력 등은 놀라울지언정 감히 그것을 비판할 용기가 없었다. 문단이라는 곳은 초도덕적·초윤리적 집단으로 보였고 자유로운 시혼 운운 아래 어떤 잘못이나 폭력도 용납될 수 있었다. 물론 대다수 문인들은 일상적인 테두리 안에 머물러 있었고 극소수가 그랬다는 것이다. 시나 글을 잘 쓸 수 있다면 자신의 삶을 송두리째 던져버려도 좋았고 어떤 짓이라도 할 수 있을 것 같은 분위기가 감지되곤 했다. 그렇게 2010년대를 맞았다.

글을 잘 쓰면 무슨 짓이든 용납이 되던 퇴폐적 낭만주의의 시대는 갔다. 언제부턴가 작가들의 2차 자리가 술집이 아니라 카페가 되고 술을 마시지 않는 작가들이 점점 많아졌다. 시대가 바뀐 것이다.

문단 성추행 건과 관련해서 이삼십 대 젊은 작가들의 반응과 육

칠십 대 작가들의 반응이 분명하게 갈린다. 지금의 이삼십 대는 이전 세대와 다른 시대적 환경에서 자라나, 전혀 다른 방식으로 교육받고 다른 가치관을 갖고 살아간다. 그들은 성에 대해 일견 개방적 태도를 보이지만 그것은 성적 주체성을 침해받지 않을 때의 경우다. 여성을 성적인 도구로 대하고 쾌락의 대상으로 보는 한 진정한 공감과 소통은 없다.

숱한 사회적 비리와 독재정권과의 투쟁에 앞장서온 한국의 진보적 작가들은 정치와 이념 부분에서는 진보적이었지만 성 관념에 있어서는 일반인들과 다르지 않았다. 일상의 적폐와의 자성적 싸움은 이제 시작이다. 시작해야만 한다.

관계 맺음의 방식

동화책을 보면 매우 이질적인 존재들이 만나 쉽게 소통을 한다. 그래서 사람들끼리의 소통이 어려울수록 동화책을 더욱 읽게 되는 지도 모른다.

"이리 와서 나하고 놀자. 난 아주 슬프단다."
"난 너하고 놀 수 없어. 나는 길들여져 있지 않거든."
"'길들인다'는 게 뭐지?"
"그건 '관계를 맺는다'는 뜻이야."

생텍쥐페리가 쓴 『어린 왕자』의 일부분이다. "안녕"이라는 말로 시작된 왕자와 여우의 대화. 참 이질적인 존재들이다. 지구에서 마주친, 외계인인 어린 왕자와 아프리카의 여우. 우리는 길들이는 것만을 알 수 있고 그러기 위해선 참을성이 있어야 한다고 여우는 말한다. 네 장미꽃을 그토록 소중하게 만드는 건 그 꽃을 위해 네가 소비한 그 시간이란다. 넌 그것을 잊으면 안 돼. 네가 길들인 것에 언제까지나 책임이 있어.

길들인다는 것은 관계 맺음이고 '관계 맺음'은 나와 타자가 만나는 방식이다. 문학도 바로 그러한 눈에 보이지 않는 타자와의 소통을 목적으로 한다. 문학은 타자에 대한 관심과 책임 속에서 구체화된다. 레비나스가 『시간과 타자』에서 말한 것처럼 가까이 있는 타자는 다른 모든 사람과 결속되어 있기 때문에 타자의 얼굴은 보편적인 인간성을 열어주는 길이다.

베트남에서 내가 만난 것은 바로 그 타자의 얼굴이었다.

사진작가 최경자 씨의 사진전 〈베트남 신(SCENE)-얼굴〉이 열리고 있는 하노이의 '29 홍바이 갤러리'에 도착했을 때는 마침 개막날이라 사람들로 붐비고 있었다. 베트남 현지 언론들이 작가와 인터뷰를 하고 있었고 많은 관계자들이 자리를 함께해 베트남 사람들의 관심 정도를 대변하고 있었다. 한국문화예술위원회와 베트남 주재 한국대사관의 지원으로 열린 이 사진전을 보면서 한국 · 베트남 문화 교류의 현주소를 확인할 수 있었다. 특히 그동안 수차례의 만남을 통해 이미 친숙해진 사람들은 마음에서 우러나오는 환한 미소와 포옹으로 반가움을 표시했다. 그 모습이 매우 자연스럽고 정다워 보여 나처럼 처음 간 사람들은 약간 어리둥절했다. 그리고 두 나라의 문화 교류가 어느 정도 숙성된 단계에 이르렀구나 하는 것을 감잡을 수 있었다. 10여 년간 누적된 노력의 결과였다.

나는 작품들을 천천히 둘러보았다. 휴양지, 농촌 풍경, 과일 좌판, 뭉게구름 가득한 도로 위를 홀로 걸어가는 사람, 환한 얼굴로 웃고 있는 가족, 닭이나 고양이……. 이러한 장면 하나하나는 베트남의 표정일 것이고 그것은 결국 얼굴의 가변적인 모습일 것이다. 베트남의 얼굴. 난 그곳에서 전통이 유지되는 공동체 사회의 모습을 보았고, 사회주의 국가인 통일된 베트남을 보았으며 사람들의 밝은 웃음에서 그들의 미래를 엿볼 수 있었다.

그중 가장 인상적인 작품은 비안개 가득한 한적한 길가에 세워진 오토바이 사진이었다. 사람은 보이지 않고 번호판도 선명하게 정지된 속도.

하노이 시내에 들어서면서 가장 먼저 맞닥뜨린 게 바로 오토바이의 물결이었다. 남녀노소 막론하고 두 바퀴 위에서 당당해 보였다. 도로 위에서 자동차에 주눅 든 오토바이나 자전거를 보아왔던 내게 그것은 하나의 경이였다. 좁은 차선을 따라 오토바이, 시클로, 자전거, 자동차가 뒤엉켜 그들 나름의 질서와 규율을 가지고 몰려왔다 몰려갔다. 특히 출퇴근 시간이 되면 네 바퀴와 두 바퀴들은 물결을 이룬 채 함께 도로 위를 천천히 흘러간다. 이 흐름이 바로 베트남의 힘이 아닐까 생각했다.

관계 맺음의 방식

작품 속 오토바이는 약간 기우뚱하니 서서 방향을 가늠해보는 듯했다. 과거와 현재와 미래가 집약된 오토바이 한 대. 내 시선은 오래 그것을 더듬으며 이 자리에 오기까지의 과정을 떠올리고 있었다.

전화 한 통화 받고 베트남행을 결정하기까지 별로 망설이지 않았다. 마치 기다리고 있었다는 듯이 가겠다는 대답이 나왔다. 스스로도 신기할 정도였다. 첫 해외여행지가 왜 굳이 베트남이어야 했을까? 그건 과거에서 자유로울 수 없었기 때문이었을 것이다. 출발하기 전부터 내가 마주친 것은 베트남의 역사와 기억이었다. 그리고 베트남에 와선 거리를 누비는 '티코' 자동차와 한류 열풍을 목격했다. 베트남의 최신곡을 담은 테이프를 하루 종일 들을 기회가 있었는데 언어만 다를 뿐 곡조의 분위기는 매우 익숙했다. 역사나 문화적 측면에서 베트남과 우리는 유사점이 많다. 제사의 풍습이 남아 있는 유교 문화권에다 끊임없는 외침을 겪었고 한때 제국주의의 식민지였으며 외세에 의한 분단을 겪었다는 점, 그리고 동족 간의 전쟁을 치르기도 했다는 점 등……. 한국 사람들이 베트남에서 느끼는 편안함이란 결국 정서적으로 공감할 수 있는 부분이 많기 때문일 것이다. 바로 이것이 현재의 모습이다. 그리고 그곳에는 통일 조국을 가진 그들의 자부심이 있었고, 그것은 우리의 미래의 모습일 터였다. 베트남에는 우리의 과거와 현재와 미래가 소용돌이치고 있었다.

베트남 방문 3일째에 우리 일행은 양국 문화 교류를 위한 세미나에 참석했다. '우리 일행'이란 곧 '베트남을 이해하려는 젊은 작가들의 모임'을 일컫는 말이다. 함께 떠남으로써 이 모임의 일원이 되었다는 걸 난 나중에야 알았다. 1994년 만들어진 이 모임은 회원이 늘 유동적이다. 규약도 회칙도 없는 모임으로, 참석하면 회원이고 빠지면 회원이 아닌, 열린 모임이다. 그러니 누가 회원인지 아닌지도 분명치 않다. 특히 모임의 명칭에서 구속감을 주지 않는다. '이해하려는'이란 단어에서 '이해하고 싶은, 이해하려고 노력하는' 등의 여러 해석이 가능하고, '젊은 작가'라고 해서 나이 제한이 있는 것도 아니다. '마음이 젊은' 정도로 이해하면 된다. 열린 모임, 열린 생각, 열린 상상력, 그리고 자유로움과 평화의 추구. 모임과 관련하여 난 대체로 이 정도로 이해하고 있다.

세미나에서 두 나라의 문화예술인들은 아시아와 세계의 화해와 평화에 대해, 그리고 자국의 경험을 넘어 어떻게 세계와 더불어 서로 소통할 수 있을 것인가에 대해 고민하고 의견을 나눴다. 그리고 지금보다 더 많은 교류를 원하고 있었다. 문학 분야에서 한국과 베트남은 번역된 작품이 거의 없다는 점이 공통적으로 지적되었고 특히 젊은 작가들의 작품이 더욱 많이 번역되어야 한다는 데 의견이 모아졌다.

이러한 전문 예술인들의 교류와는 별도로 '베트남을 이해하려는 젊은 작가들의 모임'에선 한국 내 체류 베트남인(우리나라 사람과 결

관계 맺음의 방식

혼한 베트남 여성과 베트남 노동자)들에게 한국어 등 재현 수단을 갖게 하는 것을 하나의 목표로 잡고 있다.

요즘 우리나라 사람들의 해외여행이 급증하고 있고 문학작품에서도 세계화의 추세가 뚜렷하다. 그러나 공간의 확장이 곧 창조적 상상력으로 이어지는 것은 아닐 것이다. 지금까지 숱한 기행시와 소설이 발표되었지만 양에 비해 깊이와 넓이를 확보한 작품이 많지 않다는 것이 바로 그것을 입증한다. 시를 쓰기 시작하면서 딱히 원칙을 정한 것은 아니지만 자연스레 행해진 것이 '기행시는 쓰지 않겠다'는 것이다. 처음 보고 듣는 풍물에서 오는 감흥이란 지나치게 자신의 감상 위주이기 쉽고, '만남'이 아니라, 이질적인 것의 '바라봄'에 그치게 될 것이기 때문이다. 그것은 또 하나의 폭력을 낳는 일이며 오류를 쌓는 일이다.

그러나 한편으로 공간이 확장된다는 것은 그 공간에 담긴 과거 현재 미래와 만나는 일이며 기억과 경험이 확장되는 의미를 담고 있다. 타자를 발견하고, 차이와 다양성을 인정하며, 공동의 문제를 깊이 고민하고 문제의식이 녹아들 때 한층 울림을 갖는 작품이 창조될 수 있다. 지도나 국경에 가로막힌 상상력의 물꼬를 여는 것, 자국(자기) 중심의 사고의 한계를 허물어뜨리는 것, 이것이야말로 문학인들의 과제가 아닐까 한다.

관계의 그물로 출렁이는 이 세계에서 서로에 대한 신뢰와 이해가 바탕이 될 때 어떤 태풍이 와도 찢기지 않는 튼튼한 그물이 완성

될 것이다. 지금 한국·베트남, 더 나아가 아시아 각국 간의 교류에서 필요한 것은 바로 이 이해와 신뢰이다. 바로 그러한 과정을 통해서 한반도의 평화와 아시아의 평화가 유지될 것이고, 더 나아가 서구 중심의 가치와 질서를 극복하게 될 것이다.

관계 맺음의 방식

3부

삶이 더 부족하다

현실에 적합한 단어가
부족하다

『백 년 동안의 고독』으로 우리에게 많이 알려진 콜롬비아 작가 가브리엘 가르시아 마르케스는 「문학과 현실에 관하여」라는 글에서 "현실에 적합한 단어가 부족하다"고 선언한다. 그는 현실이 우리보다 더 나은 작가라는 사실을 인정해야만 한다며 작가들은 겸손하게 그런 현실을 모방하려고 노력해야 한다고 단언한다. 마르케스의 작품을 마술적 사실주의 또는 환상적 리얼리즘이라고 사람들은 말하지만 그는 자신이 살고 있는 중남미의 현실에 알맞은 언어를 찾으려고 애쓸 뿐인 것이다.

그의 글을 들여다보며 나는 아카데미즘에 빠진 한국 시단을 생각해보게 된다. 최고의 학력을 가진 이들이 쓰는 시는 얼마나 난해하고 이론적인지, 그리고 그들에 의해 교육을 받은 창작 전문가들의 시는 또 얼마나 고차원적이어서 영문 모르겠는지……. 심지어 시를 난해하게 쓰라고, 강의라는 명목으로 선동하는 시인도 있다고 들었다. 유명 출판사에서 첫 시집과 첫 작품집을 내고서는 마치 대가가 된 양, 전국 단위의 무슨 심사, 무슨 행사에 중요 인물로 초청되어 특강을 하고 세미나에 심포지엄에 불려 다니면서 의견을 발표하고, 그리고는 미래의 작가들에게 글 잘 쓰는 우상이 되어 문단권력인 양 행세하면서 성추문이나 일으키는 풋내기 문인들도 있다. 젊은 시인들에게 우리가 기대하는 것은 참신함, 개성, 활력이지 설익은 글솜씨를 빌미로 자신의 욕망을 채우는 세속인은 아닌 것이다.

그들만을 탓할 일도 아니다. 그들이 그렇게 전횡을 하도록 시인하고 묵인한 것이 누구였는가를 생각해본다. 그들에게 선망의 시선을 보내며 우상화에 한몫 거든 것이 내가 아니었나를.

시는 자유며 혁명이며 사랑이라고 했던 시인 김수영의 말을 인용하지 않더라도 시인이야말로 '자유'로운 영혼이어야 하지 않겠는가. 기성 권력이 하는 행태 그대로, 자신의 자유를 위해 타인의 자유를 짓밟고 가진 자의 만행을 부리고 있다면 어떻게 시인이라고 할 수 있는가.

시인은 자신이 살고 있는 현실에 적합한 언어를 찾으려고 애써야 한다. 그런데 현실에 적합한 언어는 저절로 얻어지는 게 아니다. 이와 관련해서 허수경 시인은 「시인이라는 고아」에서 현실이 몸을 관통하는 순간에 대해 다음과 같이 말한다.

"균열을 감지할 때 온전히 경험해야 한다. 이것은 몸으로 할 수 있는 일이다."

그는 몸을 정확하게 통과하지 않는 범상한 시들을 자신 역시 많이 쓰고 살았다며 자신이 쓴 범상한 시들이 자신을 괴롭힌다고 고백한다. 아무리 퇴고를 하고 또 해도 그 범상함은 숨겨지지 않는다는 것.

몸으로 온전히 경험한다는 것. 균열이 몸을 정확하게 통과한다는 것. 지금 이 시간에 시인들이 해야 할 일은 이것이다. 현실의 육화. 광장에서, 사람들의 얼굴에서, 촛불에서, 균열을 감지하고 온전히 경험하는 것. 그리고 현실에 적합한 언어를 찾으려고 애써야 한다. 온몸으로 밀고 나가야 한다.

현실에 적합한 단어가 부족하다

상상공화국

1

나는 상상공화국의 주민이며 정서가 담긴 언어로 상상을 표현하는 일을 하고 있다. 내가 아는 상상계의 고수 중 한 명은 자신이 동어 반복을 하기 시작했다고 괴로워하더니 시집 세 권이면 일평생의 상상이 다 담겨 있는 것이 아니겠냐고 "이제 됐다"고 했다. 뭐가 됐다는 것인지 모르는 채로 나는 그의 고민과 괴로움이 그대로 느껴져 고개를 끄덕여주었다.

동어 반복은 상상공화국 주민들이 해서는 안 될 불문율 같은 것인데 시집을 2, 3년 만에 한 권씩 꼭 내야 하는 걸로 잘못 알고 있는 주민들에게서 자주 발견되며 자기가 동어 반복하고 있다는 것을 본인만 모르는 경우가 많다는 점에 심각성이 있다. 책 발간 횟수가 많을수록 권위가 선다는 환상이 이들을 지배하기 때문이라고 한다.

틈이 있기에 숨결이 나부낀다

이 공화국에서는 상상을 잘하는 사람이 최고의 자리에 오른다. 새로운 상상이면 무조건 좋은 것, 어떤 엽기나 패륜이라도 그 안에 필연성만 있으면 다들 수긍을 한다.

상상의 최고 고수는 대다수 주민들의 존경과 부러움을 한몸에 받으며 상상을 잘하는 비법과 그 상상의 내용을 표현하는 법을 가르친다. 그러나 그것을 가르치는 데에는 한계가 있는 것이어서 타고난 자질과 끝없이 자신을 밀어붙이는 의지가 매우 중요하다.

이 상상공화국도 사람이 사는 곳이라 인간 세계에서 일어날 법한 일들이 다 벌어진다. 다만 그것이 주로 언어로 이루어진다는 것이 조금 다를 뿐이다.

상상공화국의 파워 게임은 지면으로 이루어지며 무기도 당연히 언어를 개발한 것이다. 예를 들면 레이저보다도 더 강렬한 전광석화 촌평, 눈총과 함께 쏘면 더 치명적인 독설, 받아들이기 어려운 상상에 대한 촌철살인 비평 등이 그것이다. 때때로 언어로 싸우는 데 한계를 느끼면 몸을 동원한 물리적 싸움이 시작되나 일반인들의 경우보다는 강도가 훨씬 약한 편이다.

주민들은 대체로 예민하고 섬세하여 문장과 구절, 조사 하나를 가지고도 밤을 새우며, 글을 다듬는 데 시간의 대부분을 보낸다. 예전에는 밤새 술을 마시고 기행을 벌이는 주민들이 많았다고 하나 지금은 모여서 차를 마시는 사람들이 더 많고, 상상을 전수하는 일에 종사하기 때문에 다음 날을 위하여 수다를 자제하기도 한다.

또한 대다수는 온순하지만 역린을 언어로 잘못 건드리면 두고두고 후회할 일이 생긴다. 그러니까 자신의 상상과 언어를 인정받지 못한다고 느끼거나 모욕당했다고 느낄 경우 전 존재를 던져 상대방과 맞서 싸운다. 그럴 때엔 아무도 말리지 못하며 자신만이 스스로를 진정시킬 수가 있다. 그들이 인정하든 하지 않든 그들의 좌우명은 "질투는 나의 힘"이며 질투의 강도에 따라 없던 상상이 마구 솟구쳐 오르는 긍정적인 현상이 생기거나 남의 언어를 훔쳐오는 부작용이 생기기도 한다.

2

앞에서 나는 상상공화국의 주민들 대다수가 온순하다고 표현했지만 그건 겉으로 보기에만 그렇다. 생각해보니 그들은 내내 소리 없는 싸움을 하고 있는 중이다. 주민들은 전사가 되어야 한다. 적은 사방에 깔려 있어 전선이 보이지 않으며 그래서 더 어려운 싸움이다. 그건 게으름과 안락과의 싸움이며 상투와 상식과의 싸움이다. 또 끝없는 자기 성찰을 해야 하며 적이 내 속에서 자리 잡지 않도록 경계를 게을리하지 말아야 하는 싸움이다. 그것은 기존 이념을 넘어서 표현의 자유를 누리기 위한 싸움이며 평화와 상생을 위한 싸움이다. 그 싸움엔 안과 밖이 없으며 글쓰기를 그만두는 순간까지 이어질 싸움이다.

틈이 있기에 숨결이 나부낀다

김수영이라는 상상공화국 주민은 세상을 뜬 지 올해로 50년 되었지만 아직까지도 그 싸움의 치열함에 당해낼 자가 없으며 해가 갈수록 진정한 전사로서 기려지고 있다. 그는 눈앞의 이익에 급급해하는 소시민으로 사는 것을 두려워했으며 그러한 소시민이 되지 않으려는 안팎의 싸움을 글로 많이 남겼다. "동요도 없이 반성도 없이/자꾸자꾸 소인이 돼간다"(김수영, 「강가에서」)며 자신이 모래나 바람, 먼지나 풀보다 더 작은 존재라고 한탄했다. 그의 힘은 끝없는 자기반성에 있으며 그 철저한 자기반성의 바탕 위에 사회를 꿰뚫는 비판 의식이 통렬하다. 일방향이 되기 십상인 우리들의 싸움의 방향을 되돌아보게 만든다.

3

상상공화국에는 새로운 언어 발굴자를 찾아내는 임무를 띤 사람들이 있다. 낙양의 지가를 올릴 만한 새로운 언어 발굴자를 찾아내야 공화국이 유지되기 때문이다.

그들은 각자의 취향에 따라 입맛에 맞는 시를 골라내어 여기에 자신의 언어를 보태어 보다 읽음직스럽게 진열해놓는다. 거기엔 절대적 기준이 있는 게 아니라 앞에서 이야기한 것처럼 각자의 취향에 따라 입맛에 맞는 시를 골라내어 자신의 언어로 양념을 뿌리는 것이다.

상상공화국에서는 우수한 주민들에게 상을 주기도 한다. 그런데 정말 좋은 작품을 썼을 때 바로 상을 준다는 것은 매우 어려운 일이어서 우수한 작품을 발표한 지 1년이나 10년 뒤에, 심지어는 사후에 상을 주기도 한다. 이처럼 적기를 놓치고 뒤늦게 상을 주는 경우가 많아 문학상이 아니라 공로상이라는 자조 섞인 이야기들이 흘러나오기도 한다.

유명한 어느 상 위원회에서는 살아 있는 주민들에게만 상을 주기로 했는데 요절한 주민들은 아예 수상자에서 제외되어 그 상의 권위를 의심하는 주민들도 꽤 많다. 게다가 최근에는 성폭력 고발 운동인 미투 파문으로 종신위원들이 집단으로 사임하는 초유의 사태가 벌어져 올해 문학상 발표를 내년으로 연기하기도 했다.

상금이 많은 경우 누가 받을지에 대해 내기를 거는 경우도 있는데, 후보자 열 명 중, 학연 지연 등단지 등을 고려해 그해 수상자 한 명을 족집게처럼 딱 집어내는 걸 눈앞에서 본 적도 있다. 개봉박두, 기대해보라는 말을 귓등으로 들었는데 과연 일주일 후 바로 그 인물이 수상자로 발표되는 것이었다. 그 과학적·합리적·객관적 분석에 혀를 내두르며 감탄할 수밖에 없었다.

상만큼 잡음이 많은 게 없어서 다른 상 다 물리치고 밥상 받는 게 제일 좋다고 너스레 떠는 주민도 있다. 어떤 상은 받을까 말까 고민하며 받는데, 상을 받는 순간 찬양과 손가락질을 동시에 받아야 하기 때문이다.

틈이 있기에 숨결이 나부낀다

상에 관해 한 가지 더 덧붙이자면, 심사를 하는데 자신의 감과 눈이 미덥지 않아 스스로를 믿지 못하고 대형 출판사의 아우라에 기대어 상을 주는 경우도 많다고 한다.

4

이 헛것의 공화국은 다른 헛것들에게 자리를 곧 내주어야 하리라거나 인류가 존재하는 날까지 인류와 함께 갈 거라고 호언장담하는 사람들이 있다. 그건 지금으로선 알 수가 없는 일이다.

주민들의 눈은 현미경으로 되어 있어 사람의 눈으로 볼 수 없는 미세한 것까지 묘사가 가능하다. 그런데 어떤 때에는 측량할 수 없이 멀리 있는 은하계의 일을 글로 쓰는 걸로 보아 허블 망원경을 능가하는 새로운 망원경을 발명한 게 틀림없다는 추측도 가능하다. 심지어 유령이나 귀신을 보며, 마음속까지 꿰뚫어 보는 제3의 눈이 있다는 소문이 자자하다.

그러나 시쓰기에 가장 좋은 눈은 갓 태어난 송아지의 눈. 편견이나 사심 없이 이 세계를 순수하게 바라보는 어린이의 시선.

5

요즘 이 상상공화국에 심상치 않은 물결이 일렁이고 있다. 분단

70여 년, 지구상 마지막 분단국에서 고집불통 괴물로 묘사되던 북의 지도자가 남의 지도자와 손을 잡고 군사분계선을 간단히 넘어왔다 다시 넘어갔다는 소식에 은근한 기대로 출렁이고 있는 것이다. 마치 어릴 적 땅 위에 금을 긋고 내 땅 네 땅, 땅따먹기 하다가 저물녘 함께 손잡고 그림자 늘이며 집에 돌아가듯이.

이것은 촛불혁명으로 인해 가능했던 것인데 세월호에서 비롯된 촛불혁명이 기억에 의지해, 아니 기억을 놓지 않으려는 안간힘에 의해서 이루어졌다면 앞으로는 미래의 희망에 대해 쓴 시들이 많이 나올 것이라는 추측이 가능하다.

위태로워야 길이 보인다. "위태롭게 흔들리며/안 꺼지려고 흔들리며"(조기조, 「촛불의 기술」) 그렇게 상상공화국 주민들은 길을 갈 것이다. 그래서 나만이 쓸 수 있는 것과 내가 쓰지 않으면 안 되는 것을 헤아려보며 자기만의 상상의 길을 떠날 것이다.

어리석어 보이는 뚜벅걸음, 이것이 상상공화국의 미래를 밝게 만드는 원동력일 것 같다. 동어 반복이라는 자가진단이 내려지면 쉬어가면 될 것이고(아예 주저앉지는 말고) 재주가 부족하다고 생각하면 마부위침(磨斧爲針), 우공이산(愚公移山) 고사를 기억하며 꾸준히 갈고 닦을 일이다. 곧 새로운 판이 펼쳐지면 상상공화국 주민들의 새로운 상상의 지도가 필요할 테니 말이다.

우리가
사랑할 때

1

끝까지 가보지도, 미학적으로 엄살을 떨지도, 비겁의 자취를 통렬하게 드러내지도 못하는 어중간한 시인이지만 이제 막 시인의 길을 걷기 시작한 후배에게 한마디하라고 멍석을 깔아준다면 버지니아 울프의 말을 들려주고 싶다.

"사람들이 자신에 대해 말하는 것에 지나치게 신경을 쓰는 것이 예술가의 본성이다. 문학은 다른 이들의 여론에 제정신 이상으로 신경 쓴 사람들의 부서진 파편으로 뒤덮여 있다."

그리고 그 시인이 유명 출판사와 첫 시집을 계약했다고 흥분과 불안이 뒤범벅된 얼굴로 찾아와 그 말을 전하는 순간에도 어쩔 줄 모른다면 우선 축하를 해준 뒤 차분하게 얘기해줄 것이다.

"자신의 작품을 인정해주는 사람들이 있다는 것, 그건 큰 격려와 힘이 되지. 그러나 그건 다만 그대에게 찾아온 선물이라고 생각하게. 선물을 누리되 너무 연연하지는 말게. 늘 칭찬만 하는 사람을 경계하고 작품에 대해 주변에서 뭐라고 하든 꿋꿋이 꾸준히 밀고 나가는 것, 이건 평생의 과업이다 생각하고 멀리 보는 것, 그게 좋은 작품을 오래 쓸 수 있는 비결이지."

너무나 당연한 얘기지만, 그러나 우리 주변의 현실은 그렇지 않다. 누군가의 평에 의해 일희일비, 대중의 관심과 사랑을 받지 않으면 불안한 연예인처럼 구는 문학인이 얼마나 많은가.

백 년 전에 버지니아 울프는 여성 작가가 자기만의 방을 가진다면 자기표현의 수단으로서가 아니라 예술로서의 글쓰기를 본격적으로 할 수 있을 것이라고 안타까움을 표했는데, 오늘 우리의 현실은 자기만의 방을 가지고 있음에도 불구하고 일부러 노력하지 않는다면 혼자 있을 기회가 별로 없다. 창작품을 통하지 않고서도 작가들은 익명의 사람들과 얼마든지 소통이 가능하다. 전자매체를 통한 일련의 진행 상황이 앞으로 어떻게 전개될지, 문학의 운명과 직간접적으로 어떻게 연관되려는지 잘 알 수 없지만 변하지 않는 것은 "작가는 실재의 현존 속에서 더 많이 살아갈 기회를 가지고 있고, 그 실재를 찾아내고 모아들이고 사람들에게 전달하는 것이 작가의 임무"(버지니아 울프, 『자기만의 방』)라는 점이다.

올해도 신춘문예나 문예지를 통해서 작가로서의 첫발을 내딛는 신인들이 많이 등장할 것이다. 나를 알아주지 않는다고 좌절하지 말고 내 작품의 개성과 참신함을 위해 고민하고 잠을 못 이룬다면 스스로의 성취감과 만족감만으로도 작품의 동력이 될 것이다. 나 스스로에게 늘 그렇게 다짐한다.

2

글을 쓰고 있는 이 순간, 창밖에는 눈이 내린다. 날벌레처럼 흩날리다가 아무 데나 가리지 않고 내려앉는다. 눈의 평등성이랄까. 눈의 엉덩이는 수다스럽고 편해서 머물고 싶을 만큼 머물다 홀연히 사라진다. 오지 말라고 막을 수 있는 게 아니고 가지 말라고 붙들 수 있는 게 아니다. 그저 제가 있고 싶은 만큼만 머물다 간다. 무심하다.

영문 키를 누르고 한글 자판 순으로 '눈'을 치면 SNS가 된다고 여균동 감독이 그랬다. 그러고 보니 눈은 공중에 난무하는 문자 같기도 하고 소리 없는 함성 같기도 하다. 각각의 대상을 향해 날아가는 문자들에 흰색을 입힌다면, 그 문자들이 나를 관통하고 사람들의 머리를 관통하고 내장 깊숙이 헤집다가 다시 빠져나와 제 갈 길을 간다면……. 그것은 도시뿐 아니라 강과 바다를, 산과 들을 횡단하다가 어느 순간 툭 떨어져 발밑에 쌓이기도 할 것이다. 문자들의 그물망에서 자유로울 수 있는 사람은 없다. 소셜네트워크서비스의 위력을 선거와 쟁점들에서 실감한 작년 한 해였기에 여균동 감독의 글을 읽는 이들은 제각각의 '눈'을 상상하며 웃었겠다. 하지만 내 웃음은 흔쾌하지만은 않은 웃음이었다.

언젠가부터 주변에서 희망, 행복이라는 말을 많이 쓰기 시작했다. 희망, 행복이라는 말이 난무하는 시대는 희망과 행복이 넘쳐나는 시대일까, 아니면 그 말의 주술적 힘에 기대어야 살 수 있는 시대일까? 사람들과 얘기하다 보면 주머니에 복권 한 장쯤 다들 넣고 다닌다고 한다. 지금 이 시대는 '복권 권하는 사회'인가. 오천 원짜리 복권 한 장 사서 지갑에 고이 넣고 다니며 천만 분의 일의 확률일지라도 당첨됐을 때의 행복감을 상상해보며 마음이 뿌듯하다면 오천 원으로 사는 행복이 비싼 것은 아니라는 생각이 든다고.

현기영 소설가는 문학은 적극적 인식 작용이며 현실에 대응하려면 풍자, 유머, 위트가 필요하다고 강조했다. 이를 위해 미학적 거리를 확보해야 한다고 했는데 지금 이 시점에서 충분히 공감이 가는 내용이다.

창밖에선 쉬지 않고 눈이 내린다. 길눈을 바라보며 불안이 불안해하고 절망이 절망하고 고독이 고독한 시간이 왔으면 좋겠다는 엉뚱한 생각을 해본다.

3

임진각에서 제주 강정마을까지 1번 국도를 따라 걷는 작가들의 평화 릴레이는 놀라운 발상이었다. 평화를 화두로 구간별로 10킬로미터 남짓 나누어서 걷는다는 것. 자기만의 방에서 걸어 나온 많은 작가들이 글이 아닌 몸으로 표현하는 평화. 작가들은 섣불리 방을 나서지 않는다. 나서는 순간 글을 쓰는 작업이 물리적으로 불가능할뿐더러 자신만의 고유 공간을 잃어버림에서 오는 위험을 알기 때문이다. 그런데 이렇게 많은 작가들이 하나의 기치 아래 순차적으로 장기간 참여한 사태는 내가 문단이라는 추상적 공간에 발을 디딘 이래로 처음 있는 일이다. 그만큼 시급하고 절실했던 것이다. 글보다는 몸짓이 더 빠르고 직접적인 의사 표현이면서 실질적인 반응을 이끌어낼 수 있으므로. 아마 봄쯤이면 이렇게 걷는 과정에서 일어선 시들이 여기저기에서 빛을 발할 것이다. 한겨울의 바람과 햇빛, 국도변의 먼지와 배기가스를 담은 언어들이 지면과 인터넷에 등장할 것이다.

걸음은 걸음을 부르는지, 오산대역 광장에서 송탄소방서까지 10킬로미터 남짓 걷고 난 며칠 후 눈 쌓인 산길을 걷고 싶다는 충동으로 무작정 길을 나선다. 한파주의보가 내려 전국이 꽁꽁 얼어붙은 날, 터벅터벅 걷다가 태백산 입구에서 얼음나무를 보았다. 처음엔 분수의 물이 솟아오르다 얼어서 나무 모양이 된 줄 알았다. 그런데 자세히 보니 얼음 속에 나무 줄기랑 가지의 형상이 있었다. 얼음 속에 갇힌 그 모습을 보고 관상용으로 이런 짓을 한 사람들이 참 잔인하다고 분개했다. 하지만 설명을 들어보니 단순히 관상용으로만 그

우리가 사랑할 때

런 게 아니라 나무를 살리려고 일부러 물을 뿌려준 것이라 했다. 얼음에 갇힌 나무는 얼어 죽지 않는단다. 얼음이 오히려 나무를 보호해주는 셈이었다. 열로 열을 다스리고 찬 것으로 추위를 다스리는 역설의 이치.

나무들은 이 별에 우리보다 훨씬 먼저 자리 잡았고 오랜 시간 살아오면서 중력과 더위와 추위를 묵묵히 감내해왔다. 그리고 우리보다 먼저 직립이었던 그들. 태백산의 나무들은 눈을 이고 있거나 가지에 서리가 엉겨 붙어 그 아름다운 모습에 탄성을 자아내게 했지만, 몇 차례의 폭설로 인한 눈의 무게를 이기지 못해 두 동강으로 찢긴 나무와 부러진 나뭇가지들이 곳곳에 있었다. 사람처럼 나무들도 이 겨울 얼마나 힘든 시간을 견디고 있는지 알 것 같았다. 그래서 시인들은 나무에서 자연과 사람살이의 양면성을 보는지 모른다.

나무나 강, 바람과 같은 자연이 우리에게 주는 가장 큰 선물이 현실을 초월케 하는 힘이 아닐까.

4

소시민으로 존재하는 것. 김수영이 가장 경계했던 적, 소시민으로.

"왕궁"과 "왕궁의 음탕"에 분개하는 대신 설렁탕집 안주인에게 욕을 하고, 야경비 받으러 온 야경꾼을 얼마 안 되는 돈 때문에 증오하는 자신을 부끄러워했던 김수영. 지난 1월에 나는 화를 내며 싸웠다. 웅진코웨이 코디, 신문보급소 직원, 문화재단 말단 비정규직원……. 큰 싸움은 못 하고 만만해 보이는 "적"들과 싸운다. 그런데 그 비겁과 옹졸도 사랑의 일종이라고 했던가. 그러면 위로가 되는가.

한 편의 시를 읽고 내부에서 숱한 언어들이 반향을 일으키고 어둠 속 웅크리고 있던 느낌들이 생생하게 살아날 때, 그 시의 공감력과 환기력은 아무도 측량할 수 없다. 그리고 그러한 시 한 편이 시인의 그동안의 노고를 보상해준다. "최고의 스타일이란 자기 감흥을 가장 잘 표현하고 가장 잘 전달할 수 있는 것"(니체)이라 했던가.

방바닥에 흩어져 있는 겨울호 문예지들을 정리하면서 그 속에 실린 평론들을 떠올려본다. 한 편의 평론이 작품의 이해를 돕기는커녕 인용문들이 난해하여 독자들이 평론 자체에 빠져 허우적대게 된다면 잘된 평론인가? 평론이 작품보다 더 어렵다면 문학평론으로서의 역할을 다하고 있는 것인지 생각해볼 문제다. 그것은 학술 논문에 가까울 것이다. 평론들을 보면서 자꾸 불편해지는 또 한 가지는 이제 우리도 남의 전거에 기대지 말고 독자적인 안목으로 작품을 평할 때가 오지 않았나, 그런 시도를 하는 평론가들이 좀 더 많아져야 하겠다는 생각 때문이다. 그런 의미에서 나는 『흰 그늘의 미학을 찾아서』를 펴낸 김지하 시인의 시도나 임우기 평론가의 행보를 높이 평가한다.

현상을 분석하고 뒤따라가는 평론도 중요하지만 시대를 앞질러 가는 담론을 제시하는 평론, 서양의 이론적 준거에 기대지 않고 창작자들과 일반 독자들이 함께 읽을 수 있는 평론을 기대해본다.

나무를 심는
사람

어떤 부잣집의 늦둥이 아들 돌잔치에 많은 사람이 몰려가 덕담을 했다. "이 아이는 언젠가 죽을 것이오"라고 너무나 당연한 말을 한 사람은 쫓겨났다. "이 아이는 반드시 고귀한 사람이 될 것이오"라는 누군가의 말에 부자는 너털웃음을 터뜨렸다. 비난받기도 싫고 아첨하기도 싫은 사람은 다음과 같이 말했다. "음, 어쩌면, 아무렴, 허허허." 아무런 의미가 없는 그 말들은 어떤 위협도 해도 되지 않는다고 간주되었고 잔치가 끝날 때까지 그는 그 자리에 남아 있을 수 있었다.

루쉰의 글에서 읽은 기억이 있는 이야기다. 루쉰은 사실이나 진실을 표명하지 않는, 아무 의미도 없는 그런 말이 사람들 사이에 팽배해 있다고 보고 그것을 비판하려는 의도로 썼다.

그러나 진심이 담겨 있다는 전제 아래, 발화와 함께 어조와 표정, 몸짓이 수반되는 그러한 감탄사들은 타인의 아픔과 기쁨에 적극적으로 공감하고 당신과 같은 생각과 감정을 지닌 사람이 여기에 또 있다는 자신의 의사를 전달하는 데 매우 효과적이다. 외로운 현대인들에게 필요한 것이 바로 공감 능력이 아닐까.

많은 것을 가지면 가질수록 어깨가 무겁고 죄스러운 시절이 있었다. 김남주 시인의 부인 박광숙 여사도 그런 사람들 중의 하나였다.

"1970년대에 월급 받으면서 교사로 있을 때엔 마음이 무거우니 몸이 늘 아팠어요. 감옥 가거나 핍박받는 사람들을 알고 있어서 더 했죠. 1979년 10월에 재판 끝나고 학교에 가니 내 얼굴이 달덩이같이 훤해 보였나 봐요. 앞자리에 앉은 선생이 '박 선생, 잘 웃는 이유가 뭔가요? 진심으로 웃는 건가요?'라고 묻더라고요. 그래서 학교에는 미안하지만 난 지금 의무감에서 벗어나 마음이 편하다고 대답했지요. 그랬더니 가식이 아니라 정말 당신이 그런 마음이면 됐다고 하더군요."

1970년대와 1980년대의 시간들을 그는 "미친 바람 같던 세월"이라고 했다. 1990년대 말에 발간한 수필집 『빈 들에 나무를 심다』에서는 다음과 같이 당시의 상황을 서술하기도 했다.

역사에 대한 무관심은, 사회에 대한 무관심은 죄악이라고 생각하며 무언가에 저항하지 않는 삶은 무의미하다고 생각했지요. …(중략)··· 교사를 정권의 말단 하수인으로 전락시켜놓고 유신의 당위성을 가르치라는 강요를 견뎌낸다는 것이 쉬운 일이 아닌.

　주변에서 자신의 모든 것을 버리고 불섶으로 뛰어드는 사람들이 늘어나는 것을 보면서 어깨가 무거웠던, 탄압이 거세질수록 가슴을 누르는 돌덩이에 가위 눌려 온전한 삶을 살 수가 없었던, 편안한 잠을 자고, 편안히 밥을 떠먹는다는 것이 부담스러운 사회······. 아이들을 가르친다는 게 뭔가 속임수를 부리고 있는 듯하고, 떳떳치 못한 어떤 부끄러움을 늘 앙금처럼 가슴 한구석에 안고 있어서 아이들을 온전히 가르칠 수가 없었던 것.

　그의 모습을 기억한다. 까만 치마에 흰 블라우스, 까만 뿔테 안경. 불면 날아갈 듯 가냘픈 몸매였다. 그러나 목소리는 차분하면서도 힘이 있었다. 당시 중학교 2학년생이던 나는 푸른 칠판 위에 가득하던 엘뤼아르의 시 「자유」를 공책 위에 옮겨 적었다. 이렇게 긴 시도 있구나 생각하며.

　국어 공책에 있던 「자유」를 일기장에 옮겼고 그 일기장을 나는 지금도 간직하고 있다. 이렇게 간절하게 부르는 '자유'란 어떤 것인가, 과제처럼 껴안고 수없이 스스로에게 질문을 던지곤 했다. 1979년 어느 날 신문에 커다랗게 난 간첩단 사건에 선생님 사진이 있었고 우리는 간첩에게 수업을 받은 어처구니없는 학생들이 됐다. 하루에 한 번 이상은 꼭 하늘을 보라던 말씀과 「자유」라는 시가 내게 남아 있었다.

　　　　　　　　　　　　　나무를 심는 사람

간간이 신문 지면을 통해 근황을 알았을 뿐 차마 선생님을 찾아 뵐 용기가 나지 않았다. 강화도에서 20여 년 가까이 거주하고 계시 다는 것만 알고 있었다.

그리고 드디어 역사의 고장 강화도에서 30여 년 만에 선생님을 뵈었다. 해직된 지 21년 만인 2000년 3월에 교직에 복직해서 올 8월에 정년퇴임을 앞두고 있는 선생님은 환한 미소로 반겨주셨다.

근황을 묻고 대답하는 동안 학교 현장 교육자로서의 이력을 짐 작하게 하듯 화제는 자연스럽게 요즘 학생들에 대한 소회와 국어 수업에 관한 이야기로 이어졌다. 30여 년 전의 독특한 수업 방식은 복직 후에도 계속되었다고 한다. 학과목과는 관련 없을 성싶은 폭 넓은 독서를 하게 했는데 오히려 학생들의 사유 능력을 키우고 대 학 입시에서도 좋은 성적을 냈다며 무한 경쟁과 성공 제일주의로 치닫는 우리 교육 현실에 안타까움을 표시한다.

"학생들에게 꿈을 강요하고 입시에 반영한다고 꿈의 포트폴리오 를 작성하라고 하지요. 모두 거기에 매진하라고 몰아붙여요. 너무 이른 시기에 자신의 장래를 강요당하는 것은 무한한 가능성을 조기 에 닫아두는 결과를 낳지요. 학교를 보면 너무 복잡하고 정교하고 집요한 사슬이 애들을 옥죄고 있어요."

1994년에 김남주 시인이 타계하고 아들 토일이와 함께 강화도에 처음 정착했을 때 나무를 심는 일 외에 아무 일도 할 수 없었다. 나무를 심고 자급자족이 될 정도로 농사를 지었다. 심고 또 심고…….
지금 그를 둘러싸고 있는 우람한 나무들은 그렇게 자리를 잡았다.
역사의 땅 강화도에 박광숙 여사가 굳건히 자리를 잡은 것처럼. 나
무를 줄곧 심었다는 그 심정을 헤아려보다가 김남주 시인의 시구가
문득 떠올랐다.

> 겨울을 이기고 사랑은
> 봄을 기다릴 줄 안다
> 기다려 다시 사랑은
> 불모의 땅을 파헤쳐
> 제 뼈를 갈아 재로 뿌리고
> 천 년을 두고 오늘
> 봄의 언덕에
> 한 그루 나무를 심을 줄 안다
>
> ― 김남주, 「사랑은」 부분

1970년대와 1980년대에 김남주 시인과 박광숙 여사가 지나온 시
간이 그랬다. "제 뼈를 갈아 재를 뿌리는" 희생적 과정을 거쳐 "봄의
언덕"에 "한 그루 나무"를 심는 것. 불행한 시대를 거쳐오면서 동시
대의 불행한 사람들에 대한 애정이 김남주 시인으로 하여금 시를
쓰게 했고 박광숙 여사로 하여금 김남주 시인을 옥중 뒷바라지하
게 했으며 본인이 의식하지 않았다 하더라도 한 그루 또 한 그루 나

무를 심게 했을 것이다. 김남주 시인도 1970년대와 1980년대가 아니었으면 그런 시를 안 썼을 수도, 어쩌면 시인이 못 됐을지도 모른다.

강화도는 역사의 바다입니다. 아빠는 역사의 바다에 빠져 허우적거리다 익사했지만, 아들은 그 역사의 바다에서 강아지와 게를 데리고 놉니다. 아들에게 이 바다는 그냥 놀이터이길 바라는 마음입니다. 전란의 피난처이거나 유배지가 아닌, 아름답고 평화로운, 풍요의 땅, 왕성한 기력으로 모든 이에게 충만한 기를 주어 활기를 불어넣어주는 그런 생명의 땅이길.

훗날 내 아들이 자라서 아빠가 짊어졌던 역사의 무게에 짓눌리기보다는 강화도 갯벌에서 뛰놀던 그 즐거움과 가뿐함으로 세상을 추억하길 염원합니다. 참 아름다웠던 섬 소년의 추억을 간직한 그런 땅이길. 그리고 중년의 어느 구비에서 삶이 구차하게 느껴질 때 다시 돌아와 심호흡으로 다시 자신을 가다듬을 수 있기를.

― 박광숙, 『빈 들에 나무를 심다』에서

강화도를 둘러싼 시간을 생각해본다. 지금은 바다 건너 지척에서 북한을 마주 보고 있는 곳. 선사시대의 거대한 돌무덤인 고인돌, 몽고의 침략에 대항하기 위해 39년간 사용했던 고려 궁터, 신미양요 때 가장 치열한 격전지였던 광성보와 덕진진, 그리고 강화도와 육지 사이를 거세게 휘도는 염하. 기름진 들과 낮지만 골기 있는 산이 있고 돌멩이, 풀포기 하나하나에도 역사적 사건이 스며 있어 그

틈이 있기에 숨결이 나부낀다

긴 시간을 생각하다 숙연해지는 곳. 그리고 이제 강화도에 뿌리내려 그 일부분이 된 것 같은 박광숙 여사가 자리 잡은 곳.

"어려서 여름방학 숙제로 식물 채집 다닐 때엔 그걸 좋아하는 줄 몰랐는데 강화에 오니까 내가 나무 심는 걸 좋아하더라고요. 집 주변에 있는 나무는 내가 다 심은 거예요. 내가 그런 재주가 있는 줄 몰랐는데. 꿈이 있다면, 불가능하겠지만 수목원을 만들고 싶어요."

나무를 심는 건 재주가 아니라 관심과 애정일 것이다. 정원에 자리 잡은 황금솔, 보리수, 감나무, 미선나무, 참죽나무, 주목, 대나무, 보리수, 모란 등 나무 하나하나에 세심한 손길이 느껴진다. 한 그루의 나무가 싹을 틔우고 뿌리를 내리고 잎을 피워 열매 맺는 걸 지켜보고 싶은 마음. 그런 마음이 교육자의 길을 걷게 했을 것이고 담장 없이 초목으로 둘러싸여 흐뭇한 미소를 짓는 오늘이 있게 했을 것이다.

작년부터 『아침저녁으로 읽기 위하여』, 『은박지에 새긴 사랑』 등 김남주 시인의 번역 시집을 더 인쇄하고 있다고 했다. 그만큼 사회 전반에 걸쳐 사회적 정의의 문제가 절박한 문제로 다가오고 있는 듯하다.

김남주 시인의 시 중 특별히 좋아하는 시가 있느냐는 질문에 웃음 띤 얼굴로 남편이 아니었다면 국어 수업 중에 소개도 하고 개인적으로 좋아했을 거란다. 그런데 아쉬운 건, 김남주 시인이 시뿐 아니라 셰익스피어 연구 등 문학에 관해 정통으로 꿰뚫는 게 있었는

나무를 심는 사람

데 미처 정리를 할 시간이 없었던 점이라고.

"유고시집 정리하면서 그의 시가 안 읽히는 사회가 됐으면 좋겠다는 생각을 했어요. 다시 김남주가 읽히는 사회는 좋은 사회가 아니니까."

김남주의 시를 안 읽는 사회가 과연 올까. 그건 모든 불의와 불합리가 종식되고 소외와 부조리가 해소되는 사회일 것이다. 어느 날 우리가 문득, 그 시대에 그런 시인이 있었지 하는 후일담의 형식으로 그를 기억하게 된다면 그게 바로 김남주 시인이 바라고 박광숙 여사가 바라는 사회일 것이다.

시인의 언어가 미래지향적인 것처럼 나무를 심는 마음, 내일 지구가 멸망하더라도 한 그루 나무를 심는 마음 또한 미래를 향한다. 사랑이라고 불려도 좋을 그 미래는 땅에 깊게 뿌리를 내리고 공중에 넓고 깊게 뻗어갈 것이다. 푸르고 올곧게 세상을 물들일 것이다. 그 가지에 새가 앉고 그늘에서 고라니가 쉴 것이다.

두어 시간의 짧은 만남이었지만 바닷바람을 맞으며 귀갓길에 오르면서 한 그루 묘목을 나눠 받은 것처럼 소중한 무언가를 가슴에 안고 가는 기분이 들었다.

종합선물세트
같은

글을 쓰는 직업과는 전혀 무관한 지인에게 지난 겨울호 문예지들을 읽어보라고 몇 권 건넸더니 며칠 동안 꼼꼼히 읽어보고는 의외의 얘기를 한다. 시들이 비슷한 게 일정한 틀이 있는 것 같다는 것이다. 순간적 느낌을 포착해서 거기서 의미 도출을 하고 확장시켜야 한다는 부담감을 가지고 있는 것처럼 보인다고 했다. 문제는 '부담감'이라는 단어인데 시적 형상화가 잘 돼 있으면 그런 느낌을 줄 리가 없다.

실제로 시를 쓰는 것이 업인 내 눈에도 그 시가 그 시 같고 비슷비슷해 보이는 경우가 많다. 특별히 처지지도, 그렇다고 뛰어난 감동도 없는 그만그만한 시. 서정과 의미가 적당히 어우러져 얄팍한 선물세트 같은 시. 독자들에게 적당한 감동과 적당한 공감을 요구하는 시.

그런데 시에 관해서 '적당한'이라는 말이 성립되는 것일까. 시의 본령은 촌철살인의 한 구절, 벼락처럼 내리치는 충격과 놀라움, 되새길수록 끊임없이 밀려오는 맛과 향에 있는 것이 아닐까.

> 망대 위에 앉아 있는 사람이 포도줏빛 바다를 건너다 볼 때
> 그의 두 눈으로 아스라이 먼 곳을 볼 수 있는 거리만큼씩,
> 꼭 그러한 거리만큼씩 울음소리도 큰, 신들의 말들은 멀리 뛰었다.

호메로스의 『일리아스』의 일부분이다. 신들의 말이 뛰는 모양을 묘사하면서 "망대 위에 앉아 있는 사람이 먼 곳을 볼 수 있는 거리만큼씩" 멀리 뛴다고 했다. 말들의 걸음걸이를 이만큼 장대하면서도 감각적으로 묘사할 수 있을까. 예상치 못한 놀라움과 기쁨을 주는 구절이다. 글을 읽다가 이런 구절을 만나면 고양된 상태로 며칠 동안 행복감이 지속된다. 그럴 때엔 저자로서보다는 독자로서의 삶이 내게 더 맞는 게 아닌가 하는 생각조차 든다. 왜 나는 불멸하는 것보다는 소멸하는 것에 더 시선이 가는지, 좀 더 고매하고 위대한 것을 탐구하여 적확한 언어로 표현하지 못 하는지 답답하기도 하다. 아마 이것은 시공간을 초월하여 모든 글 쓰는 이들이 한 번쯤은 가질 법한 고민이리라.

어째서 우리 시대에는 탁월한 설득력이 있고 공적 생활에 적합하

고 약삭빠르고 다재다능하고 무엇보다도 우아하게 글을 쓸 줄 아는 재사들은 태어나도 진실로 숭고하고 위대한 인물들은 더 이상 태어나지 않거나 극히 드물게 태어나는 것일까. 우리 시대는 전 세계적으로 문학의 기근에 시달리고 있다.

위의 글은 약 2천 년 전의 사람 롱기누스의 『숭고에 대하여』에서 인용한 것이다. 어느 시대에나 자기가 살고 있는 시대에의 불만은 있었던 모양이다. 롱기누스는, 위대한 작가들이 의도했던 것은 '자연은 처음부터 무엇이든 위대하고 우리 자신보다 더 신적인 것에 대한 저항할 수 없는 욕구를 우리 마음속에 심어놓았다는 인식'이라고 했다. 우리의 사고는 우리를 둘러싸고 있는 것의 경계를 넘어서는 것이다.

틀에 갇혀 있고 삶이 얄팍하다는 생각이 들수록 우리를 둘러싸고 있는 테두리를 뛰어넘고자 하는 몸부림이 있기 마련이다. 철학과 예술의 접점이 바로 거기일 것이다. 문학, 특히 시의 언어는 걷는 말이 아니라 춤추는 말, 나는 말이다. 말의 고삐를 잘못 쥐면 엉뚱한 곳으로 달려가거나 공중에 뜬 채 지상에 발을 딛지 못하는 불상사가 생기기도 한다. 삶의 질곡을 흠 없고 세련된 문장으로 무난하게 그려낸 시가 있는가 하면, 투박하고 거칠지만 단번에 드러낸 시도 있다. 둘 중의 하나를 택하라면 나는 단연코 후자를 택할 것이다.

종합선물세트 같은

종합선물세트는 구색을 맞추고 반듯하고 깔끔해야 하고 규모가 있어 보여야 한다. 어찌 보면 우리네 삶의 축소판이다. 보기 좋은 외모와 뛰어난 언변과 번듯한 학벌과 이름 있는 직장, 이만한 구색을 갖추면 어디를 가더라도 환영받는다. 이 중 하나라도 빠지면 그 모자란 구석을 채우기 위해 무진 애를 쓴다. 내가 나를 어떻게 생각하느냐가 아니라 남이 나를 어떻게 보느냐가 늘 관건이다. 그런데 남들 부러워하는 것을 다 갖추었는데도 정작 본인은 별로 행복하지 않다. 갖출 것을 다 갖춘 그의 삶은 그에 걸맞지 않게 가볍고 얄팍해 보이기조차 한다.

구색을 맞춰 적당히 포장되는 게 어찌 삶뿐이랴. 고만고만한 정서와 고만고만한 의미와 고만고만한 언어로 금세 들키고 마는 얄팍한 시 같은 거, 소설 같은 거 쓰고 있지나 않은지.

시를 쓰다 보면 얼마나 감추고 얼마나 드러낼 것인가가 늘 관건이다. 감춤과 드러냄의 팽팽한 긴장이 시에 생명력을 부여한다. 그런데 종종 저지르고 마는 실수는 '말하려는 의지'가 지나치게 개입된다는 것이다.

진실로 위대한 시는 거듭된 검토를 견뎌내고, 그 호소력에 저항하기가 어렵거나 불가능하고, 강력하고도 지울 수 없는 인상을 남긴다. 선물세트 같은 시가 아니라 끈질기면서도 불가항력적인 시.

틈이 있기에 숨결이 나부긴다

세대의 변화,
소비되는 시

　당혹감, 빠르게 변화하는 문학적 환경들에 때때로 당혹감을 느낄 때가 있다. 그중 하나가 인터넷 서점에서 책에 별점을 매기고 있는 것을 볼 때다.

　첫 시집을 내고 얼마 안 되어 우연히 인터넷 서점에 들어갔다가 내 시집에 별점이 붙어 있는 걸 보았을 때 일순 놀랍기도 하고 불쾌하기도 하고 궁금하기도 했다. 저 별점은 누가 매기는 것일까? 평론가는 아닌 것 같고 독자들 같은데. 자발적으로 쓰는 건가? 의뢰받은 건가? 마치 영화평을 쓰듯 읽은 소감을 쓰고 점수를 매기고 있었다.

　그런데 독자들에게는, 특히 시집을 읽는 독자들에게는 취향이 있어서 자신의 정서와 공감이 잘 되는 시집을 선호하게 마련인데, 마치 작품성을 평가하듯 이 시집은 어떻고 하면서 터무니없는 평점을 매기는 것을 종종 발견하곤 한다. 별점이 다섯 개인 소설을 읽었다가 중간에 덮어버린 경우도 있다. 전문가가 아닌 독자들이 작품을 직접 평가하고 그것이 다른 구매력을 불러오는 시대가 된 것이다.

대학생들에게 좋아하는 시를 가져와서 낭독해보라고 했더니 열 명 중 세 명이 하상욱의 짧은 시를 낭독했다. 몇 년 전만 해도 정호승 등의 서정시를 주로 가지고 왔는데 요새는 깊이 생각할 필요 없이 감각적이고도 재미있는 짧은 시가 그들의 관심을 끌고 있었다.

기발하다고 웃으며 몇 편 읽다가 금방 식상해버리고 말았지만 젊은이들 사이에서는 신경림 시인은 몰라도 하상욱은 다 알 정도로 유명 시인이었다. 그의 문학적 성취와 평가와는 별개로 SNS를 통해 퍼져나가기에 딱 알맞은 짧은 구절과 콱 와 박히는 재치 때문에 수많은 젊은이들을 독자로 확보하고 있는 것이다.

개인 미디어와 SNS의 발달로 "독자가 능동적 생산자는 물론이거니와 배급자로 군림하게 되었다. 뿐만 아니라 문학평론가의 역할을 할 수 있게 되었다."(이승하, 「새로운 독자의 탄생을 걱정해야 하나 환영해야 하나」)

SNS를 통해 독자와 작가가 직접 만나고 작품에 대한 즉각 직접 대응이 가능하게 되면서 하상욱류의 시는 날개를 달게 되었고 SNS를 잘 활용하는 작가들이 인기 작가로 급부상하였다. 문학인들도 마치 연예인들처럼 스타가 되었고 시는 빠르게 소비되는 양상을 띠고 있다.

　가족관계의 변화나 서구 문화의 전면적인 수용, 미디어의 사용과 정보의 습득 등으로 신세대들은 생각하는 방식이 이전 세대와는 다르다. 그로 인해 문학을 수용하는 방식이나 이해도 달라진 것일까?

　"노래는 나의 개인교사였고 현실의 변화된 의식으로 가는 안내자였고, 해방된 공화국이었다"라고 밥 딜런은 말했다. 마찬가지로 시는 나의 개인교사였고 현실의 변화된 의식으로 가는 안내자였고, 해방된 공화국이었다. 다른 시인들도 그러하리라.

　내가 습작기를 보냈던 1990년대의 창작 상황과 지금의 상황은 다르다. 앞으로의 상황은 더 말할 것도 없다. 그렇다고 그 시대 상황에 따라 내 시풍을 바꾸거나 다른 시작 태도를 추구할 생각도 없다. 내 시 속의 적폐를 들여다보거나 일상의 적폐를 뒤적이면서 그리고 거대담론 속의 적폐를 꿰뚫어보면서 묵묵히 쓸 뿐이다.

세대의 변화, 소비되는 시

절대자유를 추구했던 시인의 초상과
그의 아내

누구는 김수영 시인에게서 하이데거를 읽어내고 누군가는 장자를 읽어낸다. 프로이트나 라캉의 필터로 접근하는 사람도 있고 마르크스적 방법론으로 접근하기도 한다. 김수영을 김수영 자체로 바라볼 수는 없을까? 그러나 그것은 불가능하다. 어떤 주체든 그의 시선이 하나의 필터 작용을 할 것이기 때문에. 김수영 시인은 자기의 시를 본인이 규정할 수는 없다고 했다. 그것은 마치 내가 내 모습 전체를 내 눈으로 바라볼 수 없는 것과 같다고.

그러면 아내의 눈으로 바라본 김수영 시인은 어떠할까? 그것은 아무래도 아우라가 걷힌, 좀 더 현실적이고 실제적인 모습일 수밖에 없을 것이다.

김현경 여사는 젊다. 여러모로 그러하다. 또렷한 이목구비, 젊은 이들 못지않은 기획력과 추진력, 수십 년 전 일도 생생하게 전달하는 기억력. 마주 앉아 이야기를 듣다 보면 광복 이후부터 2000년대까지 한국 문단사가 파노라마처럼 펼쳐진다. 그 이야기의 흐름을 따라가다 보면 가슴속에 품었던 질문들의 대답이 풀려나온다.

"내 인생에 가장 보람 있고 잘한 일? 이걸 지켜온 일이지요."

미처 궁금한 것을 질문하기도 전에 김현경 여사 스스로 이곳에 이르기까지의 숱한 시간들을 펼쳐낸다. 50년간 열다섯 번을 이사한 굽이굽이 사연들. 그 과정에서 분실하거나 도난당한 김수영 시인의 자료들에 대해서. 용인 마북에 있는 지금의 아파트로 옮겨 오기까지의 과정을 전하는 데 30분 걸렸으니 얼마나 자료 보관에 노심초사하며 힘들었는지 알 것 같다. 그러니 "이걸"에는 많은 것이 포함돼 있을 터였다. 김수영 시인에 대한 기억, 유품과 자료들, 아내의 자리.

"김수영 시인은 작품을 완성하면 나를 시켜 반드시 원고지에 정서시켰지요. 그래서 그의 작품을 습작 시대부터 돌아가실 때까지 다 알아요. 등단작인 「묘정의 노래」도 내가 원고지에 정서했지요. 한 자라도 틀리면 처음부터 다시 써야 했어요."

어렵고 힘들 때 그의 작품을 읽고 또 읽으며 그 시간을 견뎠고 지금까지도 늘 힘주는 분이 김수영 시인이라고 한다. 거실에 강신주의 『김수영을 위하여』가 놓여 있다. 이미 다 읽어봤는데 김수영 시인의 글을 바탕으로 학문적 관점에서 풀어나가서인지 자신에 관한 부분에 오해가 있는 것 같다며 광복 무렵부터 1960년대에 이르기까지 격동의 역사 속에서 운명적으로 만난 김 시인과의 사랑과 이별,

절대자유를 추구했던 시인의 초상과 그의 아내

재회와 영원한 이별을 들려준다. 이야기를 하는 게 결코 쉽지 않을 이종구와의 만남과 헤어짐까지도. 이야기들 사이에 김수영 시인의 창작 습관이 언뜻언뜻 드러난다.

"한 달에 한 편 정도 완성했어요. 시 한 편 쓰는데 온갖 신경질 부리고 문짝도 성할 날이 없었어요. 그래서 주변에 주로 깨지지 않는 걸 두었지요. 다 쓰면 산고의 고통이 끝났다고 어린애처럼 좋아했어요. 기실은 애들과 내가 더 좋아했지요. 우리의 고통도 끝났다고."

그 상황을 생각하다 보니 웃음이 나는 한편 안도의 마음도 든다. 매번 처음 쓰는 것 같은 백지 상태의 노고에서 김수영 시인도 예외가 아니었다는 것. 누구에게나 시 한 편의 완성 과정이 힘들고 고통스러운 것이다.

자신에게 엄격했던 김 시인의 창작 습관은 이미 습작기부터 드러났다. 1945년부터 함께 습작했는데 합평을 열심히 하고 나면 여기서 벗어나야 한다며 자신의 작품을 가차 없이 찢어버렸다. 덩달아 김 여사도 같이 작품을 찢곤 했다며 미소를 짓는다.

생활과 시가 다르지 않았던 김수영 시인은 손에서 책을 놓은 적이 없었다. 철학 서적을 주로 읽었는데 특히 하이데거를 좋아해 직접 『하이데거 전집』을 사드리기도 했다.

옷 속에 숨어 있는 한 올 한 올을 끄집어내듯이 기억의 실오라기를 끄집어내어 형상화하는 모습에서 "인간에게 기억이란 자기동일성을 확보하게 해주는 것이다. 인간은 기억이다"라고 했던 프리드

리히 퀴멜의 말이 떠오른다. 기억은 과거 · 현재 · 미래를 하나로 연결함으로써 자신의 정체성을 확보하여 시간의 끔찍한 파괴성을 극복한다는 것. "기억이 천상의 구원처럼 내게 내려와 혼자서는 빠져나올 수 없는 허무로부터 나를 건져준다"던 프루스트처럼 '잃어버린 시간'을 '되찾은 시간'으로 만드는 능력이 김현경 여사에게는 있는 듯하다.

"박사 논문 쓰면서 질문들을 해 와요. 난해시가 많다구요.「백의」는 김 시인에게 내가 직접 물어봤는데 구호물자로 산 우리 경제 상황을 그린 거죠.「도취의 피안」은 사회주의에 대한 노스탤지어예요. 내 생각엔 표현, 에스프리, 상상력, 기술 등에서 최고 걸작이지요. 김수영에게는 사랑의 시가 없다는 사람들이 있는데「너를 잃고」읽어보세요. 사랑의 허무가 깔려 있지만 언젠가 돌아오리라는 내용이 담겨 있어요."

1960년에「김일성 만세」를 써놓고는 제목에 '잠꼬대'가 어떨까 궁리도 했다. 언론의 자유를 위해 꼭 발표하고 싶어 했지만 너무 과격하다고 해서 서너 군데서 퇴짜를 맞았다. 이 시에서 4 · 19 이후 등장한 장면 정권이 이승만 정권과 마찬가지로 언론의 자유를 부정하고 있다고 묘사하고 있다. 그런데 그때에나 지금이나 달라지지 않은 게 있다. 진정한 언론의 자유가 이루어지지 않은 것.

"그는 근본적으로 시와 생활에서 절대자유를 추구했어요. 김수영의 시정신은 절대자유, 절대자연, 사랑이지요."

절대자유를 추구했던 시인의 초상과 그의 아내

이야기를 듣다 보니 김수영 시인의 글을, 정신을 얼마나 사랑했는지 알 것 같다. 김 여사 역시 이대 영문과 다닐 무렵 정지용 시인에게서 『시경』을 배우며 문학도의 꿈을 키웠지만 함께 습작을 하던 무렵부터 일찌감치 김수영의 시를 알아봤기에 자신의 시를 접었다. 그와 다시 합치지 않았다면 아마 소설을 쓰며 살았을 것이다.

이왕 작품에 대한 이야기를 들은 터라 「토끼」에 대해 질문을 해본다.

"내가 토끼띠예요. 보름에 태어났는데 갓 태어난 아이가 눈은 커다래가지고 달을 보고 구름이 흘러가는 걸 살폈대요. 1949년 2월쯤, 집에 토끼를 기르고 있었어요. 마침 달 밝은 보름날 밤 가족들이 모여 토끼에 관한 온갖 얘기를 했지요. 자리가 파한 후 그 자리에서 쓴 글로, 마지막 구절이 너무 좋아요. 난 개인적으로 「귀거래사」, 「아버지의 사진」, 「토끼」, 「도취의 피안」 등이 특히 가슴에 와닿아요."

김수영의 초기작에 해당하는 「토끼」에서 그가 작가의 초상을 그려낸 것이라 하면 지나친 억측일까.

> 소토는 다른 짐승과 특별히 같지 아니하온 일이 많사오니, 만일 잉태하오려면 보름달을 바라보아 수태하오며, 새끼를 낳을 때에는 입으로 낳으옵나니, 옛글을 보아도 가히 알 것이오
> ─「토끼전」중에서

토끼의 얘기를 들다 보면 상상력이 월등하다는 것을, 그리고 그

틈이 있기에 숨결이 나부낀다

에 못지않게 표현력도 뛰어나다는 것을 깨닫게 된다. 보름달을 바라보아 수태하고 새끼를 입으로 낳는 자는 작가들이 아니겠는가. 음성언어에서 문자언어로 진행되어온 언어의 역사로 볼 때 입으로 낳는 이야기야말로 문학의 기원이라 할 것이다.

수궁을 무의식의 심연이라 생각해본다. 용왕의 중병은 무의식에 생긴 균열로, 그리하여 현실에서 일상을 영위하던 토끼는 이제까지 조망했던 세계를 벗어나 심연으로 끌려든다. 그러나 그것은 자라의 꾀 때문이라기보다 자신의 환상에 스스로 못 박히는 토끼 자신에 원인이 있다. "모든 편지는 목적지에 도달한다."(지젝) 심연은 늘 거기에 있었고 토끼는 늘 그것을 바라보았으나 정작 보지는 못했다. 그러던 어느 날 조망 속의 맹점이었던 그것이 토끼를 응시한다. 토끼와 그것이 정면으로 마주친다. 이 마주침에서 작가는 자신의 소명을 발견한다. 지금까지 의미 없는 얼룩으로 남아 있던 세계를 펼쳐보일 것.

그는 어미의 입에서 탄생과 동시에 타락을 선고받는 것이다
…(중략)…
음정을 맞추어 우는 법도
습득하지는 못하였다
그는 고개를 들고 서서 있어야 하였다

몽매와 연령이 언제 그에게 나타날는지 모르는 까닭에

절대자유를 추구했던 시인의 초상과 그의 아내

잠시 그는 별과 또 하나의 것을 쳐다보고 있어야 하는 것이다
— 김수영, 「토끼」 중에서

빗소리를 들으며 김현경 여사와 일제 노리다케 찻잔에 담긴 커피를 마신다. 「의자가 많아서 걸린다」에 등장했던 바로 그 찻잔이다. 바느질을 해서 당시 유행하던 찻잔 세트를 구입한 것인데 세월이 무색하게 문양과 색깔이 선명하다. 틈을 봐 슬그머니 내가 가지고 간, 포스트잇이 잔뜩 붙어 있고 밑줄이 많이 그어져 있는 『김수영 전집』을 내미니 "김수영의 여편네 김현경"이라고 적는다. 그러고 보니 김수영 시인도 시와 산문에 '여편네'라는 말을 종종 썼다.

"시에서 내 흉을 좀 많이 봤어요? 보석 같은 아내, 여보라는 말도 썼지만 가장 많이 사용한 게 여편네라는 호칭이에요. 그러니 여편네로 살아왔지요."

그렇다면 시인의 갑작스런 죽음으로 인한 충격을 어떻게 이겨냈을까.

"얼떨떨해 현실 같지 않았어요. 세월이 흐르면서 점점 아쉬워지고 사람의 죽음이라는 게 참 허무했어요. 그런데 생활이 앞에 놓여 있어서 우선 그걸 해결해야 했지요."

옷집을 차려 옷을 만들기도 하고 미술관 디렉터 역할도 했다. 타고난 감각이 있는 데다 신용 지켜가며 열심히 했더니 생활이 됐지만, 이후 관심을 돌린 박물관 일은 진행이 잘 안 됐다. 그 과정에서

굳이 김수영 시인의 아내임을 밝히지 않은 채 은둔과 침묵으로 지내오다가 세인들 앞에 나선 것은 2008년 김수영 육필시고 전집이 발간된다는 것을 신문을 통해 알게 된 직후였다. 직접 출판사에 찾아가서 자신이 육필원고 자료를 다 가지고 있는데 어떻게 된 일인지 확인했다. 1974년에 민음사에서 『거대한 뿌리』 발간 당시 자신이 건넨 원고 보따리에서 김 시인의 여동생 김수명 씨가 자료를 일부 빼내놓은 것이라 한다.

자료를 보기 위해 자리를 옮기려는데 "김수영 시인의 시도 좋지만 산문 참 좋지 않아요?"라고 말을 건넨다. 그 말에 스민 애정과 자부심이 절절이 전해진다. 당연히 고개를 주억거릴밖에.

> 시도 시인도 시작하는 것이다. 나도 여러분도 시작하는 것이다. 자유의 과잉을, 혼돈을 시작하는 것이다. 모기소리보다도 더 작은 목소리로 시작하는 것이다. 모기소리보다도 더 작은 목소리로 아무도 하지 못한 말을 시작하는 것이다.
> ─ 김수영, 「시여 침을 뱉어라」 부분

김수영 시인의 산문은 힘이 있다. 힘의 시학이라고 할까. 힘을 가지고 그는 모험을 시작하고 모험을 통해 자유를 이행한다. 그럼으로써 그는 새로움으로의 탈주를 감행한다. 역동적이다. 나타와 안정을 배격하고 양심을 추구하며 배반에 배반을 거듭한다. 배반까지도 배반해야 한다고 강조한다. 김수영의 산문을 읽다 보면 들

절대자유를 추구했던 시인의 초상과 그의 아내

뢰즈가 떠오른다. 끝없는 탈주선을 타며 유목적 사유를 한다는 점에서 비슷하다. 멈추지 말라, 온몸으로 밀고 나가라, 자유와 사랑과 혁명을 이행하라.

김 시인의 유품으로 재현해놓은 서재에 들어가니 '상주사심(常住死心)'이란 문구가 적힌 액자가 눈에 들어온다. 김 시인이 달력 한 구석에 메모를 해놓은 구절을 돌아가신 다음에 액자로 만들어 걸어놓은 것이다. 늘 죽음을 생각하며 살면 지금 살아 있는 목숨을 고맙게 생각하고 아름답게 살 수 있다고 김수영 시인이 김현경 여사에게 설명한 적이 있다. 하이데거가 말했던가, "죽음을 향해 미리 달려가봄"에 대해. 김수영 시인의 시작(詩作)과 삶을 짐작하게 한다.

서재에는 김 시인이 사용했던 커다란 테이블과 의자들, 자료가 담긴 상자들, 고인의 책들과 손때 묻은 사전, 사진, 거울 등이 보존돼 있다. 나무 테두리를 두른 거울은 김수영 시인이 늘 옆에 두고 작품을 쓰다가도 수시로 들여다보던 것이다.

시계를 보니 방문한 지 벌써 네 시간 이상이 지났다. 인류를 위해 시를 쓰고 후세들을 위해 번역을 한다던 김수영 시인에 대한 회상과 추억의 힘이 그만큼 컸던 것이다. 그가 장수했더라면 어떤 시를 썼을까? 그건 그 자신도 답을 알 수 없을 것이다. 그의 말대로 시인의 정신은 미지(未知)이기 때문에. 그는 언제나 현 시점을 이탈하고 사는 사람이기 때문에.

틈이 있기에 숨결이 나부낀다

저마다의 체위로
이물감을 삭이는 방식

뱀이 장어를 삼키는 모습을 본 적이 있다. 무슨 이유에선지 습관 적으로 먹이를 거부하는 동물원의 뱀. 사육사가 뱀의 아가리를 벌 리고 뱀 길이의 절반 정도는 돼 보이는 장어를 입속으로 밀어 넣는 다. 장어는 뱀의 아가리를 통과해 목구멍을 미끄러져 들어간다. 그 모습을 보면서 뱀이 장어를 먹는 것인지, 장어가 뱀의 몸을 입는 것 인지 잠시 혼란에 빠졌다.

오랜 시간에 걸쳐 장어를 삭이면서 뱀은 장어의 생태와 습성을 고스란히 흡수할 것이다. 몸 중심부를 따라 길게 이어지는 이물감 을 느끼며 제가 삼킨 것에 대해 긴 꿈을 꿀지도 모르겠다.

얼마 전 순천 송광사의 세 가지 명물 중 하나라는 천연기념물 쌍 향수를 보았을 때 그 장대하고 기괴한 모습에 큰 충격을 받았다.

800년 된 향나무 두 그루가 가파른 산비탈에 나란히 서 있는데 그 위용과 거대함이 도저히 향나무라고 믿어지지 않았다. 나무 조직을 보호하느라 나무의 빈 공간을 시멘트로 채웠는데 그 시멘트와 나무 조직이 서로 휘감아 돌아간 모양이 용틀임하는 듯해서 기괴한 미감을 느끼게 했던 것이다. 시멘트로 빈 공간이 채워졌을 때 나무가 처음에 느꼈을 이물감과 그것을 제 몸의 일부로 삼을 때까지의 오래고 힘든 과정이 고스란히 전해지는 듯했다.

　나무든 사람이든 생명 있는 것들은 제 속의 이물감과 밖의 이물감을 견디며 살아간다. 이물감은 삶의 동력일 뿐 아니라 시의 동력이기도 하다.

　시멘트든 쇠기둥이든 거기 스미는 것이 생존의 한 방식이 되는 나무의 체위. 이런 종류의 체위에 관해서라면 빠질 수 없는 것이 조개다. 꺼끌거리는 이물질이 제 살을 자극하면 그 통증을 덜어보려고 체액을 분비해서 결국 진주를 만들어낸다. 그것은 결코 체념이라 할 수 없다. 이 경우 조개는 스스로가 원해서 이물질을 품은 게 아니겠지만 때로 우리들은 자발적으로 꺼끌거리는 타자들을 품기도 한다. 저마다의 체위로 이물감을 삭이는 방식.

　연인들은 사랑이 끝난 후에 내 안의 당신을, 당신의 기억을 끌어안고 당신을 앓는다. 열과 통증에 시달리는 내내 넘쳐나는 당신에 대한 기억을 지니고 열사의 사막을 내 안의 당신과 함께 또 한 번 건너야 한다.

내 안의 당신을 앓는 만큼이나 내 안의 나를 앓는 일은 버겁다. 내가 스스로를 못 견디고 내 안의 내가 이물스러울 때.

몸을 가지고 있는 한 우리는 다른 몸에 생명을 기댈 수밖에 없다. 그리고 '몸' 하면 필연적으로 떠오르는 것이 고통이다. 따라서 문학은 고통에 민감할 수밖에 없다. 주체의 고통이든 타자의 고통이든 문학은 고통을 머금고 자란다.

시 쓰는 게 이물감을 삭이는 것이라는 생각을 한 지가 오래됐다. 늘 익숙했던 것들이 이물스럽게 느껴지거나 스스로가 낯설 때, 시는 자연스레 다가온다. 늘 출렁이는 바다도 산호, 물고기, 해초 등 제 속의 이물감을 느끼기에 끊임없이 움직이는지 모른다는 엉뚱한 생각도 해본다.

"어떤 환부는 들여다보는 것만으로도 감염이 된다"(정창준, 「슬도를 떠올리는 밤」)고 했던가. 타자의 고통을 들여다보는 것만으로도 고통스러울 수밖에 없는 것이 시인이다. 시인들은 그래서 대신 앓는 사람들이다. 길고 편한 잠 따위 바랄 수 없는 사람들이다.

저마다의 체위로 이물감을 삭이는 방식

웅얼거리는 진술, 기획된 묘사, 과잉이든지 결핍이든지……. 시가 근사하게 보여야 한다는 강박관념의 흔적들. 내적인 필연이 없는 근사함은 울림이 없다. 시에는 검열이 없어야 하지만 타인의 눈에 아부하는 사이비 근사함에 대한 자기 검열은 꼭 있어야겠다.

틈이 있기에 숨결이 나부낀다

시가 부족한 게 아니라
삶이 더 부족하다

이 어려운 시대에 시를 쓴다. 이 위험한 시대에 시집을 낸다. 장한 일이다. 그런데 생각해보면 단 한번도 어려운 시대가 아닌 적이 있었던가. 위험한 시대가 아닌 적이 있었던가.

우리는 늘, 살아가는 일이 어렵고 위험하다고 느낀다. 조장된 것이든 본질적으로 함의하고 있는 것이든 고통과 불안의 힘으로 먹고 산다. 그 힘으로 시를 쓴다. 시는 어둠 속에서 눈을 뜬다.

아니다. 시가 어둠 속에서 눈을 뜨다니. 그건 일부 시들에 대해서만 맞는 말이다. 밝음 속에서만 쓰이는 시들도 있다. 그건 시인들마다 시의 현장이 다르기 때문이다.

어둡고 축축하고 냄새나는 곳에서 시가 다가오는가 하면 꽃이나 구름, 나무 등을 보면서 시상을 얻는 시인들도 많다. 일상에서, 노동을 하면서, 시국 현장에서 시를 쓰는 시인들도 있다. 각자가 선택

한 시의 현장이다.

시집을 쌓아놓고 읽다가 우리나라의 시인들이 시를 참 잘 쓴다는 생각을 했다. 발상과 상상력과 표현력에 혀를 내두르며 한 권 두 권 읽어나가기를 10여 권. 감탄만 하다가 끝났다. 서평을 쓰고 싶은 시집, 아니 굳이 따로 언급을 하고 싶은 시집이 없었다. 유명 출판사에서 나온 시집들은 너무 유명해서 언급이 많이 됐으니 새삼 서평을 쓸 필요도 없었거니와 중소 출판사에서 나온 시집들은 비슷비슷한 상상력과 상향 평준화된 표현력으로 굳이 한 권을 고를 필요가 있을까 싶었다. 한때 묘사 위주의 시가 지배적이더니 요새 시인들은 진술을 많이 하고 있다는 생각을 하면서.

이건 좋은 시집이 없어서가 아니라 지금 우리나라에서 양산되고 있는 시들에 나 자신이 식상한 때문이다. 나도 그들 중 하나면서, 다른 시인들의 시를 보며 감탄만 하다가 정작 공감은 하지 못한 채 책장을 덮은 탓이다.

남이 가지 않은 길을 가라, 극한까지 밀고 가라는 이야기를 들으면서 습작기를 보내고, 시인이 되어서는 같은 소리를 시인 지망생들에게 반복해왔는데 정작 시를 읽을 독자를 배제해왔다. 시인인 내가 상상력을 펼칠 테니 당신들은 지켜보시오, 그래놓고 독자를 잊어버린 것이다.

작품의 힘은 어디에서 오는가. 현실에 발을 디딘 상상력에서 오며 타인의 고통에 눈감지 않고 뜨거운 가슴으로 반응하는 데서 온다.

틈이 있기에 숨결이 나부낀다

유난히 뜨거웠던 여름, 내 시의 현장이 어디인가 살펴보며 다시 한번 묻는다. 시란 무엇인가.

시가 부족한 게 아니라 삶이 더 부족하다

벙글어지는 틈

"시가 내게로 왔다"고 네루다가 말을 했다. 나는 시에게로 갔다. 먹고사는 문제, 가난과의 사투를 벌이다가 언젠가부터 '먹고살 만한데 채워지지 않는 이건 뭐지?' 하는 의문이 들었을 때 나는 시를 찾아갔다. 그리고 수줍게 내민 첫 작품에 대해 "좋은 시인 되겠다"는 칭찬을 받고 정말 좋은 시인이 될 수 있으리라는 자만심에 지금까지 왔다. 그냥 시인도 아니고 '좋은 시인'이라니. 어쨌든 내 시의 출발점은 칭찬이었다. 그냥 시인도 아니고 좋은 시인이 되겠다는.

좋은 시인이란 뭘까? 진정성 있는 시인? 세련되고 섬세한 언어의 마술사? 정서적 교감의 귀재? 새로운 상상력으로 세계와 존재의 지평을 넓히는 사람? 난 아직도 좋은 시인이 되기 위한 길을 가고 있는 중이다. 길도 사람도 시도 미완성이다. 아마 죽을 때까지 그럴

틈이 있기에 숨결이 나부낀다

것이다. 남들의 평에 의연할 수 있었던 이유도 내 시의 출발점과 관련이 있는 것 같다. 난 좋은 시인이 될 거고 죽을 때까지 좋은 시를 찾아갈 거라는 근거 없는 믿음 때문이다.

내 첫 시집을 여섯 번 읽어봤다는 시인이 있다. 하도 이해가 안돼서 여섯 번을 읽었다는 그 시인은 이렇게 결론을 냈다. 관능적인 시집이라고. 여섯 번 읽었다는 그 노고가 고맙고 그 애정이 고마웠다. 그런데 대학원 선배 한 사람도 똑같이 관능적이라 했는데 듣고 보니 논리가 정연했다. 시의 완성은 독자의 몫이라고 하지만 내가 전혀 의도하지 않은 관능성이라니? 그래서 내 시를 다시 들여다봤다. 그건 아마 틈(구멍)에서 비롯된 게 아닐까.

풍경과 마주치면서 내 시선이 틈을 더듬고 있다는 걸 자각한 것은 별로 오래되지 않았다. 사방이 가로막힌 듯한 데서 오는 답답함이 나로 하여금 틈을 눈여겨보게 만들었을 것이다. 주변에 존재하는, 보이거나 혹은 보이지 않는 장벽들이 내 속의 장벽들과 더불어 숨통을 조이는 듯할 때 소통에의 욕구는 점점 강렬해지고 벽과 벽이 만나는 모서리, 볼트와 너트, 용접된 쇠와 쇠 사이를 눈으로, 손으로, 온몸으로 더듬어본다. 틈마다 촉수를 내뻗는다. 그 과정에서 위층 남자와 옆집 여자가 건너오고, 전혀 다른 사회 체제에서 살다 온 아이들, 장애아를 둔 어머니들, 베트남이나 미얀마 사람들도 만나게 된다.

내 시 속의 풍경들은 다 삶의 현장이다. 시를 쓰면서 내가 가장 경계하는 것이 자기도취다. 시적 자아의 상념이 차고 넘쳐서 그것만으로도 홍수가 날 지경인 시, 자기 감정에 몰입되어 일방적인 의미 부여와 찬사로 도배된 시는 독자가 끼어들 여지가 없다. 이런 경우는 특히 기행시에서 많이 발견된다. 물론 나도 여행을 종종 하며 아름다운 풍경을 숱하게 접한다. 그 순간의 황홀도 경험한다. 다만 그뿐, 그것을 언어로 형상화해보고자 하는 충동이나 욕심이 일지 않는다. 그 아름다움에 더 이상 언어의 가감이 필요 없다고 생각하기에. 풍경에 대한 이런 내 태도는 다음과 같은 어릴 적 체험에서 비롯된다.

어느 날 아침, 일어나 창밖을 보니 세상이 온통 하얗다. 반가운 마음에 미닫이문을 열고 밖으로 나간다. 다짜고짜 앞을 가로막는 흰 벽. 온 세상이 눌려져 한 장의 두꺼운 벽으로 떡 버티고 선 것 같다.

다섯 살인 내가 그때 느낀 감정은 공포에 가까웠다. 기록적인 폭설이 쏟아진 속초의 그날, 한 사람이 다닐 수 있을 정도의 좁은 길 끝에 맞은편 집이 모습을 드러내기까지 오랜 시간이 걸렸다. 길고 높게 쌓인 흰 벽 사이로 하늘만 드높아 보였다.

아마 그때의 놀라움이 풍경을 바라보는 내 시각을 바꿔놓았을 것이다. 난 아름다운 풍경을 믿지 않는다. 호수의 잔잔한 수면 아래에는 삶의 현장에 부대끼는 물고기와 수초들이 있을 것이고 산의 고즈넉함 뒤에는 짐승이나 곤충들의 사투가 도사리고 있을 것이었다.

수덕사에 간 적이 있다. 숱한 볼거리를 제쳐놓고 하필이면 찢어진 북이 눈에 들어왔다. 그 북은 내가 본 북 중에 가장 큰 북이었는데 오랜 세월 북채에 맞은 부분이 구멍 나 있었다. 한 번 각인된 그 모습이 내내 나를 따라다녔다. 이게 뭐지? 하는 의문이 머리를 떠나지 않았다. 마침내 나는 눈에 물기가 그렁그렁 고인 소 한 마리를 떠올렸다. 생전의 마지막 울음을 입으로 쏟아낸 후 소는 온몸으로 우는 북이 되었다. 누군가 제 몸을 건드릴 때마다 울며 제 속에 고인 울음 다 비워내고 점점 얇아져갔다, 가벼워졌다. 그러다 문득 제 몸을 열어 소는 커다란 귀가 되었다. 전에는 듣지 못했던 풀잎이 자라는 소리, 날벌레의 날갯짓, 사람들의 숨결에서 섞여 나오는 한숨 소리가 스며든다. 깊은 그 속을 호기심 많은 바람이 그냥 지나치지 못한다. 귓바퀴 근처를 맴돌다가 웅웅거리는 제 소리에 놀라 멀리 달아나는 바람. 나는 찢어진 북의 현재와 과거를 상상력으로 결합시키면서 그 과정에서 소의 삶을 다 살아낸 듯했다.

이와 비슷한 경험이 또 있다. 강화도 전등사에서 함께 간 일행들

벙글어지는 틈

이 절에 얽힌 독특한 전설과 대웅전 추녀 등에 온통 관심이 가 있는 동안 나는 혼자 이곳저곳을 기웃거렸다. 그러다가 오래된 법당의 모서리를 떠받치고 있는 붉은 기둥에 눈이 갔다. 바닥과 가까운 부분에 결대로 길게 틈이 나 있었다. 나무 기둥은 밑자락으로 갈수록 틈이 많이 벌어져 주름치마 혹은 새의 깃털 같았다. 가까이 들여다보니 그 틈으로 자그마한 벌레들이 들락거리고 있었다. 나무는 한 번 자리 잡은 곳에서 수백 년 동안 잎을 피워내고 씨앗을 맺었을 것이다. 그리고 대웅전의 일부로 자리 잡은 지 또 수백 년이 지났을 것이다. 자신의 미래만으로 꽉 찬 존재에겐 틈이 없다. 천 년이 지나서야 나무는 중심을 열어 보인 것이다. 점점 벙글어지면서 바람이 드나들고 햇빛과 풍경 소리가 머물다 간다. 몸속 결을 풀어내는 마지막 성찬에 동참하고 싶어 살그머니 손을 집어넣어 본다. 서늘한 어둠으로 단단히 뭉쳐지며 내 손을 쥐는 틈!

틈은 소통하고자 하는 자의 것이다. 제주도 돌담의 틈은 바람의 숨구멍일 뿐 아니라 그것이 무너지지 않게 유지시켜주는 돌담의 숨구멍이기도 하다. 집에도 굴뚝이나 아궁이, 창문 같은 틈이 있고, 아이를 낳았을 때에도 몸의 구멍을 일일이 확인하고서야 안심이 된다. 인간관계에서도 마찬가지다. 틈이 있어야 여유롭게 상대방을 바라볼 수가 있다. 나는 틈을 더듬으며 세상에 나왔고 우리 아버지는 대지의 틈으로 돌아갔다.

틈이 있기에 숨결이 나부낀다

내가 특히 관심을 가지는 것은 일상이다. 일상에 난 균열이다. 무심히 지나쳤던 것들이 전혀 다른 모습으로 내게 말을 걸어오는 순간, 그 모습들을 언어로 표현하는 것은 가장 큰 즐거움이다. 식당 아주머니가 머리에 이고 가는 쟁반 위에 장안문이 얹히기도 하고, 집 안에 있는 사물이 베란다 유리창과 함께 달아나는 초현실적인 경험도 일상에서 발견한 것이다. 한 장의 일상적 풍경 속에서 나는 겹겹의 층위를 본다. 몇 겹의 시간과 공간이 회오리치는 가운데 관계의 그물의 출렁임과 파동을 포착한다.

나는 내가 딛고 있는 이 세계의 의미를 탐색하고 틈을 발견하고 이면을 들여다본다. 틈투성이어서 숱한 것이 넘나드는 몸으로 나는 또한 틈투성이인 풍경을 지각한다. 틈을 통해 나는 타자와 관계를 맺는다.

시쓰기는 내 삶을 추슬러가는 방식이다. 이것(글쓰기)밖에 할 줄 아는 게 없어서 평생 글을 썼다는 오정희 소설가나, 세계에 대한 이해가 깊고 넓어지면 형식은 따라온다는 이경림 시인의 말에 깊이 공감하면서 오늘도 미련하고 우직하게 소걸음으로 간다. 첫 출발 때처럼 여전히 "채워지지 않는 이건 뭐지?"라며 한 발짝씩 걸음을 옮긴다.

지금 여기에서 나는 무엇을 하고 있는가, 무엇을 느끼는가, 무엇을 발견했는가, 나를 여기 있게 한 연원은 어디에 있는가를 탐구하고 질식하듯이 압박해 들어오는 일상을 이리저리 굴려가며 관찰하고 만지작거리고 핥고 빨고 공처럼 공중에 던져 올려보기도 한다. 이면까지 샅샅이 탐색한 후, 축축하고 후미진 틈을 찾아내 한 무더기의 알을 낳는다. 시(詩)라는 알을.

시는 "쓸모의 세상에 난 여백이요, 메워지지 않는 구멍"(이성희, 『무의 미학』)이다. 그물이나 체만큼은 아니지만 내 시는 성글다. 구멍이 숭숭 뚫려 있다. 발이 자주 빠질 수도 있다. 진지하지만 친절하지 않다. 발랄하고 경쾌하게 때로는 극히 건조하고 메마르게.

지금 이 순간, 영하 10도의 찬 기운을 몰고 바람이 창문을 덜컹 흔들어댄다. 아파트인데도 비가 새고 바람은 비집고 들어온다. 좋은 일이다. 아파트라는 밀폐된 공간에 비라도 스며들지 않으면 얼마나 갑갑할 것인가. 가끔씩 창문을 흔들고 가는 바람과 스며드는 빗방울이 있어 세상과 통기(通氣)할 수 있는 게 아닌가. 대지의 균열이 생명을 키운다. 나는 내 시에 많은 균열이, 틈이 있기를 바란다.

틈이 있기에 숨결이 나부낀다

감정의 확산을
꿈꾸다

1

"인생은 생각하면 희극이요, 느끼면 비극이다"라는 말이 있다. 또 "인생을 가까이 들여다보면 비극이지만 멀리 떨어져 보면 희극이다"라고 찰리 채플린이 한 말도 있다.

시인은 느끼는 사람이요, 그래서 본질적으로 비극적 감성을 가질 수밖에 없다. 주체와 세계가 만나는 방식이 언어로 드러나는 것이 시이므로 시는 당연히 기쁨이나 즐거움보다는 상처나 아픔, 우울과 불안 등이 더 많이 표출된다.

유독 비가 자주 그리고 많이 온 올여름, 곳곳에서 산사태가 나고 가옥이 침수돼 인명과 재산 피해가 많이 난 와중에 한 지인이 속삭이듯이 말했다. "그래도 나는 비가 좋아요." 수해 때문에 사람이 죽고 이재민이 나서 마음 아픈 것도 감정이고, 그래도 비가 좋다는 것도 솔직한 감정이다. 그가 속삭이듯 말한 것은 그렇게 말하면 안 될 것 같은 윤리적, 도덕적 판단 때문일 것이다. 그러나 감정은 도덕이나 윤리 이전의 것이다. 그것은 설명이 불가하다.

감정을 다른 말로 느낌이라고 할 수 있겠다. 사전에선 감정을 "어떤 현상이나 일에 대하여 일어나는 마음이나 느끼는 기분", "오감이 아닌 다른 방식으로 느끼는 것"이라고 정의했지만, 오감을 포함해 온몸으로, 총체적으로 느끼는 게 감정이다. 감각적인 시라는 말은 쓰지만 감정적인 시라는 말을 잘 쓰지 않는 것은 원래 시의 본령이 정서이기 때문이다. 그래서 감동, 교감, 감흥 등 느낌과 관련된 단어가 시와 결합해서 늘 따라다닌다.

시인은 자신의 감정이나 감각의 지평을 확장해서 타자와 소통하고자 하는 사람이다. "대한민국은 민주공화국이다"라는 선언을 "나는 자생적 감정 공산주의자다"(박정대, 「감정 공산주의자」)라는 선언으로 대체하는 사람이다.

감정을 구성하는 것은 온몸이요 온몸이 겪어온 시간과 공간이다. 그런데 똑같은 신체 조건과 경험과 기억을 가진 사람은 아무도 없다. 누군가는 기쁨을 느끼는 사건에 누군가는 슬픔을 느끼는 경우도 종종 있다. 우리는 다른 사람의 감정을 완전히 똑같이 경험할 수는 없다. 다만 자신의 감정에 빗대어 미루어 짐작할 뿐이다. 그러니 얼마나 고독한 일인가. 내 감정은 우주에서 유일한 감정인 것이다!

틈이 있기에 숨결이 나부낀다

그럼에도 시인들은 끝없이 감정의 확산을 꿈꾼다. 온 세계를 나의 감정으로 물들이려고 한다. 이러한 시도에 독자들은 비록 유사 감정일지라도 공감할 수 있다. 개개의 감정을 언어로 표현함으로써 공유하려고 노력하는 사람이 시인이다. 이른바 감성적 연대라고나 할까. 그러나 교감의 지평을 확장하는 한편, 관습적 감각이나 제도화된 서정을 경계해야 하는 것도 시인의 몫이다.

2

"제 꿈이요? 아주 단순한 거죠. 풍요로워지는 거예요."

가수 타이거JK가 인터뷰에서 한 말이다. 그가 풍요로워지고 싶다고 했을 때 거기엔 많은 뜻이 담겨 있었을 것이다. 아무튼 풍요로워지고 싶다는 것은 지금은 풍요롭지 않다는 뜻이다. 결핍이 그의 노래의 추동력이라는 의미이기도 하다. 나도 풍요롭고 싶다. 감정도, 영감도, 언어도 지금보다 훨씬 풍요로워지고 싶다. 그래서 풍요로운 내 시를 통해 독자들이 자신들 속의 더 큰 풍요를 발견하고 누리는 계기가 됐으면 좋겠다. 어떤 종류의 결핍이든, 결핍이 시의 추동력이 된다는 평범한 사실을 다시 한번 되새겨본다.

서정성의 원리가 세계의 자아화 또는 자아와 세계의 일체감이라 했던가. 좋아하고 아끼는 마음을 우리 고어(古語)에선 '괴다'라고 표현했다. '괴다'는 현대어의 '사랑하다'라는 의미와 같다. 사랑하려면

감정의 확산을 꿈꾸다

낄 수밖에 없다. 웅덩이에 물이 괴듯 관심이 괴고 시선이 괴고 다정이 괴고…… . 거울이 되어 생을 반사해주기도 하고, 같이 출렁거려주기도 하는 것이 사랑이다. 세상에 사랑만큼 흔한 것도 없고 사랑만큼 늘 새로운 것도 없다. 그런데 또한 사랑은 기쁨 외로움의 다른 말이기도 하다.

시에서 중요한 건 "체험의 부피가 아니라 전압"이다. "무엇이건 더 강렬하게 체험할 수 있는 능력, 즉 감전(感電)의 능력. 그래서 생겨나는 언어, 그 언어에 흐르는 전류."(신형철, 『느낌의 공동체』) 그런 시는 '에너지가 많아서 독자로 하여금 영감을 불러일으키게 하고 강렬한 것을 느끼게 한다.

3

얼마 전, 탈북 청소년들의 학교인 안성 한겨레중고등학교에 강의를 간 적이 있다. 무슨 얘기를 할까 고민하던 중 문득 떠오른 게 연암 박지원의 「호곡장론」이었다. 요동 벌판을 바라보며 참 좋은 울음터라고 일갈한 박지원의 뜻은 무엇이었을까.

"좋은 울음터로다. 한바탕 울어볼 만하구나. …(중략)… 사람들은 다만 안다는 것이 희로애락애오욕(喜怒哀樂愛惡欲) 칠정(七情) 중에서 '슬픈 감정(哀)'만이 울음을 자아내는 줄 알았지, 칠정이 모두 울음을 자아내는 줄은 모를 겁니다. 기쁨이 극에 달하면 울게 되고,

노여움이 사무치면 울게 되고, 즐거움이 극에 달하면 울게 되고, 사랑이 사무치면 울게 되고, 미움이 극에 달하여도 울게 되고, 욕심이 사무치면 울게 되니, 답답하고 울적한 감정을 확 풀어버리는 것으로 소리쳐 우는 것보다 더 빠른 방법은 없소. 울음이란 천지간에 있어서 뇌성벽력에 비할 수 있는 것이오. …(중략)… 비로봉 꼭대기에서 동해를 굽어보는 곳에 한바탕 통곡할 '자리'를 잡을 것이요, 황해도 장연의 금사 바닷가에 가면 한바탕 통곡할 '자리'를 얻으리니, 오늘 요동 벌판에 이르러 이로부터 산해관 일천이백 리까지 사방에 도무지 산을 볼 수 없고 하늘가와 땅끝이 풀로 붙인 듯, 실로 꿰맨 듯, 고금에 오고 간 비바람만이 이 속에서 넓고 멀어서 아득할 뿐이니, 이 역시 한번 통곡할 만한 '자리'가 아니겠소."

박지원이라는 천재가 얼마나 큰 뜻을 품고 있었는지 이만큼 잘 드러난 글은 없을 것이다. 서울에서 부산까지의 거리보다 더 넓은 공간이 요동 벌판이고 보면 그 평평하고 광활함에 질릴 법도 하건만 박지원은 여기서 "고금에 오고 간 비바람만이 넓고 멀어서 아득할 뿐이니" "한번 통곡할 만한 자리가 아니겠"냐고 반문하고 있다. 그런 그에게 조선은 얼마나 좁은 땅이었을까.

한겨레학교 문예반 학생들과 「호곡장론」을 함께 읽은 다음에 내가 이 글을 왜 함께 읽자고 했을까 질문했더니 영특한 한 여학생이 눈을 빛내며 말한다.

"우리에게 남한은 요동벌처럼 새롭고 광활한 곳이니 제대로 된

감정의 확산을 꿈꾸다

울음을 울어보라는, 제 뜻을 펴보라는 말씀이지요?"

그렇다. 난 그들이 텔레비전 드라마를 보면서 눈물을 흘리거나, 서럽고 분한 마음에 울기 않기를 바란다. 좀 더 큰 뜻을 품고 "참 좋은 울음터"라고 여기며 힘찬 울음소리를 내보기를 바란다. 그들뿐 아니라 이 시대를 함께 살아가는 우리 모두 참 울음을 울 수 있기를 원한다.

4

시인은 자신의 울음을 시로 드러내고 독자는 그 울음에 동참하여 자신의 울음으로 완성한다. 글을 쓴다는 것은 그 어떤 공동체를 이루려는 열망이다.

우주와 통정하는 순수한 울음과 감정이 넘치는, 하지만 그것이 노골적으로 드러나지 않고 행간에 숨어 있는 글을 쓰고 싶다.

레이크우드에서
보내는 편지

1

태국과 미얀마 국경 고산지대에 살면서 낮에는 일을 하고 밤에는 자신만이 알고 있는 자기 부족의 언어로 글을 쓰는 사람의 이야기를 읽은 적이 있습니다. 물론 그 글을 해독할 수 있는 사람은 이 지상에서 오직 한 사람, 자신뿐이지요. 그래도 그는 하루의 일과를 끝내고 가장 순수한 기쁨으로 얼굴을 빛내며 글을 씁니다. 우리나라의 젊은 작가 박형서의 소설 「아르판」이었던 걸로 기억합니다. 자신이 유일한 독자여도 모국어로 글을 쓴다는 사실 하나만으로 환희에 잠기는 것, 그게 참된 작가겠지요. 쓴다는 것의 순수한 기쁨, 그 기쁨을 맛본 지 꽤 오래됐다는 생각을 했습니다.

전 지금 미국에서 이 글을 쓰고 있습니다. 정확히는 워싱턴주 레이크우드라는 곳이지요. 미국 내에서 살기 좋은 곳으로 손꼽히는 시애틀에서 매우 가깝고 맑은 호수와 울창한 삼림이 아름답습니다. 차로 한두 시간 거리에 원시림과 만년설이 있어 누가 고사리를 캐러 갔다가 곰을 만나서 혼비백산했다느니, 산에 있는 빈 초소에서 곰이 캔맥주 한 박스를 다 마시고 취해 자고 있었다느니 하는 말이 과장스럽지 않게 다가오는 곳이기도 합니다. 사슴이 길을 건너는 동안 기다려주느라 길게 늘어선 차량 행렬을 본 적도 여러 번 있습니다. 그늘이 진 곳은 한여름에도 서늘한 반면, 햇볕은 우리나라의 그 어느 곳보다 더 강렬하지요.

　나무 그늘에 앉아 어제 다녀온 마운트 레이니어를 떠올렸습니다. 만년설이 쌓인 산속에는 눈과 얼음이 녹은 물이 콸콸 쏟아져 내려 여기저기 폭포를 이루고 산 아래에는 그 물들이 모여 에메랄드빛 호수를 이루는 해발 4,300미터가 넘는 산입니다. 날씨가 맑으면 레이크우드 어느 곳에서든 당당한 흰머리를 들고 있는 마운트 레이니어의 모습이 사시사철 선명히 보이는데 워낙 거대한 산이라 워싱턴주 전역에서 보인다고도 합니다. 작년에 이곳 눈구덩이에 조난당한 한국인 등산객이 이틀을 버티다 구조돼서 화제가 된 곳이기도 하지요. 온기를 유지하려 소지품과 양말, 속옷 등 지니고 있던 걸 다 태웠는데, 태우기엔 지폐만 한 게 없더라는 인터뷰 기사를 보곤 웃음을 참을 수 없었습니다. 자연 속에서 지폐는 그저 잘 타는 종잇장에 불과한 것이니까요.

　레이크우드와 이웃한 미국 서북부의 큰 도시 시애틀은 "자연은

틈이 있기에 숨결이 나부낀다

소유할 수 있는 것이 아니라 단지 누릴 수 있을 뿐"이라는 말을 남긴 아메리카 원주민 대추장 세알트의 이름을 딴 도시입니다. 1850년대 미국 피어스 대통령이 대추장에게 땅을 팔라고 했는데 대추장은 다음과 같은 편지를 보냈다고 합니다.

"땅을 사고 팔다니요? 땅에 주인이 있어야 사고 팔지요. 대지는 어느 누구에게도 소속될 수 없습니다. 우리 인류가 공통으로 오랜 세월 가꾸고 땀 흘려 일군 삶의 터전입니다. 우리가 살다 묻힐 곳도 여기입니다. 어떻게 저 하늘을, 이 맑은 공기를 팔 수 있습니까? … (중략)… 하지만 한 가지 묻고 싶은 것이 있습니다. 당신들은 이 땅에 와서, 이 대지 위에 무엇을 세우고자 합니까? 어떤 꿈을 당신들의 아이들에게 들려줍니까? 내가 보기에 당신들은 그저 땅을 파헤치고 건물을 세우고 나무들을 쓰러뜨릴 뿐입니다. 그래서 행복합니까? 연어 떼를 바라보며 다가올 겨울의 행복을 짐작하는 우리만큼 행복합니까?"

당시 피어스 대통령은 편지에 감복한 나머지 이 지역을 추장의 이름을 따 '시애틀'이라 명명했다고 합니다. 신선한 공기와 반짝이는 물을 우리가 소유하고 있는 것도 아닌데, 어떻게 그것들을 팔 수 있느냐는 추장의 물음이 이 순간 귀에 쟁쟁합니다.

눈을 들어 레이니어산을 바라봅니다. 허리 아래는 구름에 가려 신기루 속의 섬처럼 공중에 떠서 석양을 배경으로 만년설을 이고 희게 빛나고 있는 산. 마음이 심란하고 어려운 고비마다 이곳 사람들은 저 산을 바라보며 마음을 다스리고 다잡았겠지요. 아마 이들이 이곳에 정착하기 전에는 아메리카 원주민들이 그러했을 테고요. 영성 짙은 시를 쓴 게리 스나이더가 사우어도우산 정상에서 몇 달을 지내기도 했다는데 그 산도 워싱턴주에 있다고 들었습니다.

이곳 레이크우드에는 우리나라 사람들이 많이 살고 있습니다. ○○미용실, ○○순대국, ○○갈비집 등 한글로 된 간판도 눈에 많이 띕니다. 한국인이 아니더라도 상대방이 한국인이라는 것을 확인하면 간단한 한국말 정도는 스스럼없이 건네오기도 합니다. 아마 이곳의 한국인들 중에는 1970, 80년대에 아메리칸 드림을 품고 태평양을 건너온 사람들이 많겠지요. 언뜻 보기에 안정되고 풍요로워 보이는 이들이 그 꿈의 종착역에 도착했을지 궁금합니다.

'꿈'이라는 말이 희망과 바람, 무의식의 소산인 꿈, 이 둘을 다 수렴하게 된 것은 결국 아직 닿지 못한 공간과 시간을 여전히 찾아가고 있기 때문인지도 모르겠습니다.

그래서 우리는 늘 어딘가로 떠날 수밖에 없는가 봅니다. 스스로 자문해봅니다. 지금 이곳에 와 있는 까닭을.

의문부호들이 튀어오릅니다. 이 세계는 왜 이렇지? 왜 이렇게 사는 걸까? 나는 어디로 가고 있는 거지? 끝도 없이 자라나는 불안의 정체는 뭘까?

생각해봅니다. 많은 것을 가졌으면서도 행복하지 않다고 느끼는 것은 끝없는 소유욕과 '나'만을 생각하는 과잉된 자의식 때문은 아닌가. 남들보다 뛰어나야 한다는 강박관념이 영혼을 꽁꽁 얽매고 있는 것은 아닌가. 그래서 살이 돋고 숨이 트이는 시간과 공간을 찾아 이곳에 온 것은 아닌가.

아메리카 원주민 추장의 목소리가 다시 들립니다.

"당신들은 이 땅에 와서, 이 대지 위에 무엇을 세우고자 합니까?"

땅을 파헤치고 건물을 세우고 나무들을 쓰러뜨리며 숱한 시간이 흘렀습니다. 산이며 강이며 인간이 원하는 대로 깎고 뚫고 다듬었습니다. 신속과 효율을 위해 많은 것을 희생시켰습니다. 아메리카 원주민 추장이 또 묻습니다. "그래서 행복합니까? 연어 떼를 바라보며 다가올 겨울의 행복을 짐작하는 우리만큼 행복합니까?"

3

아마 귀국길엔 계량할 수 없는 무게와 부피로 들어앉은 만년설의 산을 품고 갈 것 같습니다. 그리고 대추장의 물음을 스스로에게 다시 되묻겠지요.

"어떤 꿈을 당신들의 아이들에게 들려줍니까?"

앞으로 남은 10여 일의 여정에는 캘리포니아주의 사막으로 가볼 생각입니다. 주먹만 한 별들이 쏟아질 듯 반짝이는 그곳에서 어린 왕자와 사막여우도 만나보고 비 한 방울 내리지 않아도 피어나는 꽃과 풀을 지켜보겠습니다. 숨을 곳도 숨길 곳도 없는 사막에서 온전히 풍화되고 있는 무한의 시간을 느껴보고 싶습니다.

길을 잃은 숱한 사람들이 사막에 갔지요. 시는 길을 잃어버린 자들의 노래입니다. 길을 잃은 자만이 다시 길을 찾을 수가 있지요.

틈이 있기에 숨결이 나부낀다

아득한 그리움은 꽃으로 피어나고
— 사할린에서의 특별한 유월

뼈아픈 역사의 현장에 도착하다

비행기에서 내려다보니 온통 검푸른 산들이다. 유즈노사할린스크 공항 근처에 다 가서야, 자로 대고 선을 그은 듯한 경작지들과 나지막한 집들이 보인다. 드디어 도착했다. 우리나라에서 사할린까지 세 시간이 채 안 걸렸다. 이 길을 평생을 걸려서 귀국한 사람들이 있었고 끝내 돌아오지 못한 채 눈을 감은 사람들이 있었다. 기차역 대합실 같은 정겨운 공항의 마지막 관문은 마약 탐지견. 코앞에서 보는 탐지견은 생각보다 커서 무섬증이 앞선다.

오늘은 6월 18일. 우리나라 가을 날씨처럼 공기가 상쾌하다. 숙소인 메가펠리스 호텔 앞 가가린 공원엔 아이를 데리고 산책 나온 젊은 엄마들이 많이 보인다. 어제까지 무척 추웠다고 하는데 털실 모자에 패딩 옷을 입은 아이도 있다. 이곳의 겨울은 얼마나 춥고 긴 걸까. 사람들의 옷차림은 아직 두껍지만 정향나무와 라일락꽃, 불두화들이 피어 있다. 사할린에서 일 년 중 가장 좋은 시기인 것이다. 공원 한 켠에선 청바지에 빨간 반팔 티셔츠를 입은 노인이 인라인스케이트를 타며 필드하키를 하고 있는데 현란한 몸동작이 거의 기예 수준이다.

가가린 공원은 유즈노사할린스크에서 가장 크고 유명한 공원으로, 소련의 우주비행사이자 우주로 간 최초의 지구인 유리 가가린을 기념하여 문을 열었다. 자작나무 숲에 호수와 실개천이 있고 산책로가 아름답다. 어린이들을 위한 조형물을 곳곳에 세워놓았는데 특히 곰들이 많다. 포즈도 각양각색이어서 지게를 지고 있는 곰, 엉덩이에 벚꽃 핀 곰 등이 있는데 한결같이 어른 팔뚝만 한 연어를 안고 행복한 미소를 짓고 있다. 사할린은 뼈아픈 역사의 현장이지만, 그래서 방문한 거지만, 한 켠으론 연어와 곰을 만나고, 킹크랩을 맛보고, 고서점을 둘러보고, 야생화를 감상하리라는 기대감에 무척 설렌다.

함께 온 예술인들의 공연이 이곳 가가린 공원에서 모레 있을 예정이라 무대 사전 점검을 하고 숙소에 돌아왔다. 우리나라보다 두 시간이 빠른데 밤 열 시가 거의 다 되어서야 날이 어두워진다.

전쟁과 평화

호텔을 나서자 바로 옆 운동장에서 옆돌기를 하는 아이들이 보인다. 그 동작이 예사롭지 않다 했더니 예술학교라 한다. 사할린은 우리처럼 초중고가 나뉘지 않고 1학년부터 12학년까지 있는데 전 학년이 무상교육이고 대학교 등록금도 저렴한 편이라 한다.

맨 처음 방문한 곳이 승리광장. 제2차 세계대전에서 승리한 것을 기념하여 조성된 곳이다. 그 바로 옆에는 러시아 정교회 그리스도 탄생 성당이 화려하고 웅장한 자태를 자랑하고 있다. 소련은 극심하게 정교회를 탄압했지만, 민중들의 신앙은 이어졌고 소련 해제 이후 정교회는 다시 부활했다. 성당 건물은 물론이려니와 내부에 있는 성화와 성물, 천정과 내부 장식이 무척 화려하면서도 아름다워 절로 감탄을 자아낸다. 정교회 내부엔 의자가 별도로 없어서 예배를 어떻게 드리냐고 물으니 신도들이 서서 의식을 치른다고 한다.

승리광장엔 승리박물관이 있고 박물관 앞에는 거대한 탱크가 시내를 향해 포신을 겨누고 있다. 아이들 셋이 그 탱크가 놓인 시멘트 받침대 위에 올라가 놀고 있다. 평화란 이런 것일까. 살상무기와 일상 그리고 아이들이 어울려 공존하는 것. 중국 단동에서도 전승기념탑을 본 적이 있는데 전쟁에서의 승리자라는 국민들의 자부심을 나 같은 국외자는 헤아려볼 수가 없다. 러시아는 5월 9일을 전승절

아득한 그리움은 꽃으로 피어나고

로 기념하고 있는데 이날은 1945년 나치 독일이 연합군에게 항복한 날이다.

승리박물관에는 2차 세계대전 당시의 상황을 사진과 영상과 모형으로 재현해놓았는데 그중 병사들이 자신의 밥통과 수통에 날카로운 도구로 긁어 표현한 글과 그림이 특히 가슴 아프게 다가왔다. 별과 꽃과 이파리 등을 문자와 함께 새기며 그들은 무슨 생각을 했을까. 이제 밥통과 수통엔 붉은 녹이 자리 잡고 형태는 찌그러졌는데 그 임자들은 지금 무엇을 하고 있는지. 사할린 역시 치열한 전투가 벌어졌고, 북부 사할린을 지배했던 소련이 남부 사할린의 일본군을 몰아내고 사할린 전역을 지배하게 된 것도 그 전쟁에서의 승리 때문이었다.

승리박물관 밖으로 나오니 삼단으로 높이 마감된 탱크 받침대 위에서 아이들이 여전히 즐겁게 놀고 있다. 이제 저 탱크는 아이들의 좋은 놀이터가 된 것이다.

한인문화센터의 위령탑과 추모비

점심을 먹기 위해 사할린 한인문화센터 내에 있는 한국관으로 향했다. 맨 먼저 우리를 맞은 것은 한인문화센터 앞에 서 있는 사할린 한인 이중징용 광부 피해자 추모비와 사할린 희생자 사망 동포 위령탑이다. 우리 일행은 그 앞에서 참배하고 묵념을 했다.

일본 제국주의자들은 제2차 세계대전 당시 조선 농민 수십만 명을 본인과 가족의 동의 없이 징용하여 이곳 사할린 탄광에서 강제노역을 시켰다. 전쟁 말기 일본 열도로 석탄을 실어내지 못하게 되자 이들은 다시 규슈 등 일본 본토 광산에 분산하여 강제노역하게 하였으니 그 숫자가 십오만에 이른다. 이 이중징용 광부들은 지옥 같은 노역장에서 무덤조차 없이 죽어야 했고 혹은 도망치고자 헤엄치다 사살되거나 바다에 빠져 죽기도 했다. 살아남은 동료들이 죽은 이들을 일본인 몰래 묻어야 했고 평토 위에 돌멩이 하나로써 표지를 삼았으니 지금도 찾지 못한 무덤이 일본 열도에 수없이 많다. 일본인들은 지금도 반인류적 만행을 반성하지 않고 있다. 피징용자들의 명단과 숫자조차 밝히지 않고 있다. 피징용자들의 후손들은 억울하게 돌아가신 부조(父祖)의 원한을 달래며 인류의 생존을 위협하는 잔학한 일이 다시는 일어나지 않기를 바라면서 평화의 염원을 모아 이곳에 비를 세운다.

서기 이천칠년 칠월 사일 사할린 이중징용광부 피해자 유가족회

유족들의 절절한 마음은 오늘을 사는 우리의 마음가짐과 같다. "억압의 시절을 결코 잊지 않"고 "자유와 평화의 소중한 가치를" 지닌 "자랑스런 자손들로 살아"가는 것이야말로 오늘 우리가 누리고 있는 자유와 번영의 원동력이며 미래의 평화와 안녕을 보장해주는 다짐인 것이다.

추모비에 새겨진 글을 한 글자, 한 글자, 또박또박 읽으며 애통함과 미안함에 목이 메었다. 특히 추모비 아래 새겨진 조각 작품이

아득한 그리움은 꽃으로 피어나고

눈길을 끌었는데 땅속 어둠에 갇힌 채, 제 몸 하나 간신히 들어갈 만한 공간에서 곡괭이 들고 땅속을 파헤치고 있는 광부의 모습이 당시에 그들이 처한 현실을 대변해주고 있다.

사할린한인문화센터는 일본 정부가 적십자사를 통해 지원하는 방식으로 2006년에 개관했다. 1,500여 평 부지에 지하 1층, 지상 2층 건물로 한인들의 역사자료 전시관과 한국교육원, 레스토랑(한국관), 300석 규모의 강당이 있다.

사무실에는 한국어 사전들과 재외동포를 위한 한국어 교본이 있다. 1-2권을 펼쳐보니 "민수하고 토마스는 몇 반입니까?"라는 문장이 나온다. 러시아 사람들과 더불어 사는 한국인들이 제일 처음 배우는 문장답다. 더불어 함께 사는 것.

사할린한국교육원 김주환 원장이 사할린의 현 상황을 설명해준다. 사할린 면적은 한반도의 88퍼센트 정도로 세계에서 열아홉 번째로 큰 섬이다. 대부분 삼림이 우거진 산으로 되어 있고 몇 개의 도시에 인구가 밀집해 있다. 전체 인구는 약 50만 명으로 남부에서 가장 큰 도시인 유즈노사할린스크에는 이 중 20만 명이 거주하고 있다. 유즈노사할린스크는 1947년에 사할린의 주도(州都)가 되었는데 유즈노는 "남쪽"이라는 뜻이다. 사할린의 인구 구성은 러시아인이 다수를 차지하고 한인은 10퍼센트가 넘는다고 한다. 그 외 아이누족, 니브히족, 오로크족 등이 거주하고 있다.

중국으로 간 동포들을 조선족이라 하고 두만강 북쪽 연해주의 동포들을 고려인이라 부른다. 고려인은 1937년 스탈린에 의해 중앙아시아로 강제이주 당했는데 먹고살기 힘들어 국경을 넘었거나 독립운동을 하기 위해 월경을 한 사람들로, 고향이 북한인 경우가 많았다. 그러나 사할린 한인은 전혀 다른 역사적 배경을 가지고 있다.

1905년 러일전쟁에서 승리한 일본은 1945년 연합군에 패배할 때까지 북위 50도 이남의 남사할린을 지배했는데 이곳에는 탄광과 제지공장이 많았다. 일본은 전쟁을 확대하고 탄광과 공장 등에 일손이 달리자 1938년 총동원령을 내렸고, 사할린 한인들은 그때 우리나라에서 강제징용된 사람들이다. 국권을 빼앗기지 않았다면 사할린이 어디에 있는지도 모르고 일생을 마쳤을 사람들이었다. 일제는 좋은 식사와 많은 월급을 준다고 속였고 일하러 가지 않으면 가족을 괴롭히겠다고 위협하고 실제로 그러기까지 했다.

1944년 전쟁이 막바지에 이르고 본토에서도 일손이 달리자 사할린 한인들 중 일부를 다시 강제징용해서 규슈 등 본토 광산에서 부려먹었다. 이러한 이중징용의 행태로 인해 조국의 가족들과 생이별을 해야 했던 강제징용된 광부 중 일부는 사할린의 가족과 또 생이별을 하게 되었다.

한인문화센터 2층 복도에는 한인들의 귀국 장면을 찍은 흑백사진들이 전시되어 있다. 주로 1992년부터 2000년까지 영주귀국 장면들이다. 소련과 우리나라는 냉전 체제하에서 교류가 없었다. 그래서 사할린 한인들은 1988년 서울올림픽을 중계하는 텔레비전 화

아득한 그리움은 꽃으로 피어나고

면을 통해 대한민국의 발전상을 처음 보게 됐고 우리나라를 재인식하게 되었다고 한다. 1990년 러시아와 국교를 맺은 한국 정부는 영주귀국을 지원했고 사할린 한인 1세대들은 안산 고향마을 등에 이주했다. 그런데 개중에는 자식들 때문에 영주귀국을 아예 포기하거나 남편만 귀국하고 아내는 자식과 함께 살기 위해 남는 등 또 다른 이산가족이 된 경우도 있었다.

광복 74년이 되었지만 아직도 일제식민지로부터 촉발된 고통은 현재진행 중이다. 우리는 언제쯤이나 그 굴레에서 완전히 벗어나게 될까.

코르사코프 망향의 언덕 추모제

한인문화센터 1층에 자리 잡은 레스토랑 한국관에서 김치전골과 오삼철판으로 점심을 먹고 코르사코프 망향의 언덕으로 향한다. 유즈노사할린스크에서 42킬로미터 떨어진 곳으로, 버스로 약 30분쯤 남쪽으로 이동해야 한다. 가는 내내 노란 꽃이 들판 가득 끝없이 펼쳐진다. 인상파 화가가 그린 화폭 같다. 저 꽃을 우리나라에서도 본 것 같은데 이름을 알 듯 말 듯 떠오르지 않는다.

코르사코프 항구가 가까워지자 협궤열차 선로가 쭈욱 이어진다. 탄광에서 캔 석탄을 저 열차 선로를 통해 쉴 새 없이 운반했을 것이다. 수탈의 역사가 철도의 역사와 맞물리는 것은 이곳도 마찬가지였다.

망향의 언덕에 도착하자 우리 일행은 말이 없어졌다. 망망대해가 눈앞에 놓여 있다. 코르사코프는 강제로 끌려온 한인들이 가장 먼저 발을 디딘 사할린 땅이자 조국을 그리워하며 망향의 한이 서린 곳이다.

1945년 8월 15일 일본이 항복하고 강제징용된 한인들은 남사할린 전역에서 이곳으로 모여들었다. 당시 고향으로 돌아갈 배편을 기다리며 남아 있던 한인은 4만 명이 넘었다고 한다. 그들은 이제 고향으로 돌아갈 수 있다는 희망을 안고 고국으로 가는 배를 간절히 기다렸다. 그러나 전쟁에 패한 일본은, 조선인은 일본 국민이 아니라며 일본인들만 싣고 가버렸고 승리자로서 사할린 전역을 다 차지하게 된 소련 역시 이들을 책임지지 않았다. 조국은 이들을 잊었거나, 당시 국내 상황이 배를 보낼 수 없을 정도로 나빴거나, 아무튼 배를 보내지 않았다. 끝내 조국에서 배가 오지 않자 절망감에 바다에 뛰어들어 죽은 사람이 수십 명이고, 굶어 죽거나 얼어 죽은 사람들도 헤아릴 수가 없었다. 억류된 한인들은 1990년 한러 수교가 이루어지기까지 사할린에 남아 있을 수밖에 없었다.

한인 희생자 위령탑은 두 쪽으로 조각난 배의 형상을 띠고 망향의 언덕 위에 우뚝 서 있다. 저 배가 하나로 합쳐져야 희생자들은 두둥실 배를 타고 그리도 원하던 고국으로 갈 수 있을 터였다.

'망향의 언덕 추모제'가 기념비 앞에서 시작되었다. 먼저 고향의

아득한 그리움은 꽃으로 피어나고

바람 소리를 연상시키는 풍경 소리가 들려왔다. 그리고 오카리나 연주가 시작되었다. 새야 새야, 아리랑. 오카리나 소리가 그렇게 구슬프게 들릴 수 있다는 걸 처음 알았다.

이어서 김두안 시인이 추모시를 낭독했다.

> 눈을 감아도 꺼지지 않는
> 그리움의 유언처럼
> 당신의 뼈아픈 한은 아직도 잘 있는지요
>
> 저는 먼 나라에서 왔습니다
> 타국의 하늘에서
> 구름이 노역의 허리를 펼 때
>
> 제 가슴속에도
> 망향의 그리움이 점점
> 어두운 침묵으로 흐릅니다
>
> 그러니까 망향의 언덕 위에는
> 당신 영혼이 꽃을 피워서
> 우리 모두의 조국은 잘 있습니다
> ― 김두안, 「사할린 망향의 언덕 위에서」 부분

북이 울리고 추모굿이 시작되었다. 푸른 바다를 배경으로 춤꾼

틈이 있기에 숨결이 나부낀다

이 흰 한복을 입은 채 정화수를 바치고 원혼을 달랬다. 구음과 사물악기들이 고조되면서 춤꾼은 흰 국화를 들고 춤을 추다가 꽃을 추모비에 바쳤다. 함께 간 예술인들이 한 사람씩 꽃을 바치고 춤꾼은 정화수를 사방에 뿌리며 절을 했다. 희생된 영혼을 위로하는 덕담으로 추모굿을 마무리한 후 다 함께 묵념했다.

추모제에 참여한 예술인들의 눈이 촉촉했다. 지나가던 러시아 사람들이 무슨 일인가 싶어 가던 길을 멈추고 한참을 지켜보았다. 내가 위령탑에 새겨진 김문환의 추모 비문을 낭독하는 것으로 망향의 언덕 행사는 마무리됐다.

안내를 맡았던 이옥분 씨(국제문화공연교류회 사할린지부장)가 울먹울먹 감사하다고 인사를 건넸다. 자신이 한국에서 온 단체 손님들을 이곳으로 여러 차례 안내했는데 이렇게 진심이 담긴 정성스러운 행사는 처음이라고, 최고의 퍼포먼스였다고, 정말 고맙다고 했다. 그 역시 강제징용된 한인 아버지를 두었던 것이다.

자리를 옮겨 코르사코프 항구가 다 내려다보이는 전망대에서 바라보니 망향의 언덕 추모비가 외롭고 자그맣게 보였다.

다시 한인문화센터에서

어느새 저녁이 다 되어간다. 유즈노사할린스크로 돌아와 점심때 잠시 들렀던 한인문화센터를 다시 방문했다.

아득한 그리움은 꽃으로 피어나고

강당에는 주부들로 구성된 '아리랑 무용단'이 한복을 곱게 차려 입고 공연 연습을 하고 있다. 풍물 연습을 하기 위해 모인 한인 3, 4세 청소년 예술단 '하늘사물놀이'도 만났는데 이들의 설장고 연주를 듣고 놀라고 말았다. 지도하는 청년은 연습한 지 7년, 청소년들은 대략 4~5년 되었다는데 장구 다루는 솜씨가 예사롭지 않다. 2006년 파견된 사물놀이 강사에게 배운 학생들이 씨앗이 되어 지금까지 이어지고 있는데 유튜브를 보고 사물놀이 장단을 배운단다. 3년 전 두 명의 학생이 진도에 다녀왔는데 실력이 눈에 띄게 달라져서 우리나라에 가서 사물놀이를 전수받는 게 단원들의 꿈이라고 한다.

한 수 가르쳐주겠다는 태도로 접근하려다가 정신이 번쩍 든다고 경기민족굿 회원들이 너스레를 떨었다. 비나리, 북춤 시범 공연 후 마지막엔 다 함께 흥겹게 강강술래를 하며 우의를 다졌다.

한바탕 뛰고 났더니 출출했는데 한인문화센터 측에서 피자를 한턱내는 바람에 갑자기 피자와 콜라 파티가 벌어졌다. 너무 늦게 찾아왔다는 미안함과, 그래도 이렇게 금세 동질감을 느낄 수 있어서 다행이라는 생각이 들면서 참 소중한 시간임을 뼈저리게 느꼈다. 내일 가가린 공원에서 다시 만나자는 약속을 하고 아쉬운 마음을 뒤로하며 자리에서 일어났다.

도로 위에 서버린 버스

사할린 방문 3일째. 강제징용된 한인 광부들이 일했던 브이코프 (나이부치) 탄광을 간다. 유즈노사할린스크에서 북쪽으로 약 한 시간 반 정도 떨어진 곳으로 한인들이 가장 많이 끌려간, 미쓰비시 광업 주식회사 소유의 탄광이다.

달리는 버스 안에서 바라본 사할린의 6월은 아름답다. 산은 멀리 물러나 앉아 있고 대초원이 끝없이 펼쳐진다. 양 떼와 소 떼, 말 탄 목동, 목조집 등이 무척 평화롭다. 작고 노란 꽃이 들판에 가득하다. 미나리아재비꽃인 듯했다. 일부러 씨를 뿌린 게 아닐 텐데 산천을 점령하다시피 했다. 이 꽃은 망향의 언덕에서도 가득 바람에 흔들리고 있었다. 우리나라에서 흔히 볼 수 있는 꽃인데 한인들의 향수를 먹고 이렇듯 퍼진 것일까. 수십 년 전에도 해마다 이맘때면 이 꽃이 피어 고향에의 그리움을 달래주었을 것이다.

돌린스크를 지나자 길이 울퉁불퉁하다. 서행하던 버스가 멈췄다. 앞바퀴 쪽을 살피던 운전기사가 고장이라고 더 못 간다고 한다. 그러잖아도 버스가 낡아 보여서 조마조마했다. 이곳의 낡은 버스들은 대부분 한국에서 수입한 것이라는데 이 버스도 그런 것 같았다. 대체 버스가 유즈노사할린스크에서 와야 하는데 대략 한 시간 반을 기다려야 한다. 탄광까지 약 10여 킬로미터 남았다는데 걷기에는 너무 먼 거리다. 해외 탐방 중에 버스가 고장 나는 경험은 처음이라

아득한 그리움은 꽃으로 피어나고

당황스러웠다.

그러나 아까운 시간을 멍하게 버스 기다리며 보낼 수는 없어 주변 탐사에 나선다. 마을이 가까워서 집들이 있고 개들이 짖기 시작한다. 몇 집 지나고 오른편으로 묘지가 보인다. 풀이 우거지고 황량해 보이는데 수십 기의 묘가 있었고 개중에 한인의 무덤들도 여럿 있었다. 그 주변에 둥굴레꽃이 앙증맞게 피어 있다. 이들 역시 탄광에서 일하다 생을 마친 징용 광부들이리라. 명복을 빌며 묵념을 했다. 도로 양옆에 머윗대가 가득했다. 설마 저렇게 큰 것이 머윗대일까 싶어서 이옥분 씨에게 물어보니 머윗대가 맞다고 한다. 그런데 이렇게 큰 것은 억세서 못 먹고 집 주변에 돋아난 여리고 깨끗한 것들을 먹는다고 했다. 우산이나 양산으로 쓰기에 딱 좋을 크기의 머윗대뿐 아니라 길옆 도랑에는 대왕 미나리들이 가득 했다. 이곳에서 자라는 식물들은 한국에서도 보던 종들이라 친근감이 들었지만 한편으로는 너무 커서 징그럽기도 했다.

새로 도착한 버스를 타고 브이코프 탄광에 가까이 갈수록 빈집이 많이 보이고 곳곳에 해당화꽃이 활짝 피어 있다.

브이코프(나이부치) 탄광

나이부치 탄광은 강제징용된 한인들이 가장 많이 끌려온 곳으로 일본 패전 후 소련으로 귀속되면서 브이코프 탄광으로 이름이 바뀌었다.

한인 광부들은 혹독한 노동과 추위, 배고픔에 시달렸다. 매일 열두 시간 이상 일하며 할당량 2톤을 캐내야 했다. 탄광 깊이는 300~600미터로 그렇게 캐낸 탄은 다 일본으로 실려 갔다. 할당량을 채워야 쉴 수 있었다. 죽거나 다치거나 사고 없이 하루도 그냥 지나가는 적이 없을 정도였다. 광부들은 해방이 되었어도 조국에 돌아가지 못하자 고향과 가족에 대한 그리움을 달래기 위해 함께 있던 사람들과 '형제서약서'를 만들어 가슴에 품고 다녔다고 한다.

사할린 한인들은 소련 국적을 취득할 기회가 있었는데도 고국으로 돌아가기 위해 무국적자로 남았다. 그러나 무국적자의 경우에는 거주 등에 제한이 많았다. 다른 지역으로 이동하기 위해서는 취학을 위한 것이라 해도 꼭 허가를 받아야 했다. 끝까지 무국적자로 남은 채 죽은 사람들도 많았고 어쩔 수 없이 소련 국적을 취득하기도 했다.

브이코프 탄광은 입구의 건물 몇 동과 채탄 운반 파이프 등 일부 시설만 남아 있을 뿐이었다. 정작 굴 입구를 막아버려서 탄광 안으로는 들어가볼 수가 없다. 무너진 굴 옆으로 석탄을 실어나르던 네 줄의 철로가 어둠 속에 뻗어 있어 당시의 상황을 그려보게 했다. 우리 일행은 흰 국화꽃을 바치고 묵념을 한 후 아리랑을 불렀다. 목이 메었다. 끝내 이 탄광에서 숨진 사람이 몇 명일 것이며 그들의 한은 얼마나 깊을 것인가.

아득한 그리움은 꽃으로 피어나고

돌아오는 버스 안에서, 탄광 안내를 맡은 이원호 씨가 자청해서 묵직한 저음으로 〈백학〉을 부르기 시작했다. 라술 감자토프의 시에 곡을 붙인 〈백학〉은 전쟁터에서 돌아오지 못한 병사들이 고향 땅에 묻히지도 못하고 백학이 된 듯하다는 내용으로 평소 집에서 들을 때와는 달리 더 절절하게 다가왔다. 가슴으로 들으며 창밖을 보니 노래를 따라 강물이 흐르고 있다. 도로와 철로가 나란히 달려가고 선에서 선으로 끝없이 이어지는 선의 욕망이 느껴진다.

사연들

슬픔을 꾹꾹 눌러 담으며 노래를 부르고 있는 이원호 씨의 아버지는 울산 출신으로 동생이 징용을 당하자 그 동생을 보호한다고 함께 징용길을 나섰다. 그의 아버지는 1944년에 탈주하려다 실패했고, 작은아버지는 일본에 갔다가 1945년에 귀국했지만 그의 아버지는 그러지 못했다. 결국 아버지는 사할린에서 46세에 돌아가셨다. 1992년 작은아버지가 첫 비행기로 사할린에 도착했는데 당시 77세였던 작은아버지가 이원호 씨를 먼저 알아봤다. 이원호 씨는 47년생으로 원래 이름은 이용대였다. 한국의 고향에 갔더니 집안의 항렬을 따라야 한다고 문중 어른들이 이원호라고 지어주셨다. 어릴 때 러시아 아이들과 한 학교를 다녔는데 왕따 당하고 무시당하기 싫어서 격투기 운동을 열심히 했다. 그 후 힘센 놈들을 한 명씩 불

러내 몇 명 패주고 나니까 한인 무섭다고, 건드리면 안 된다는 인식
이 퍼져서 그 후부터는 편하게 학교에 다닐 수 있었다.

　미쓰비시는 징용 광부들에게 생활비만 주고 월급 대부분은 우체
국에 적립했는데 지금까지 그 돈을 받은 사람이 없다. 그러나 지금
은 같은 직종에 근무하는 사할린 한인은 러시아인과 똑같은 대우를
받는다. 사할린에 한글학교가 11개 있고 고려인들은 이곳에서 한국
어를 가르치기도 한다. 유즈노사할린스크 한인문화센터에서도 일
주일에 두 번 한국어 수업을 하고 있는데 교포들은 취업 등에서 한
국어를 써먹을 데가 없기 때문에 별 관심이 없다고 한다.

　4박 5일간 우리 일행을 안내한 이옥분 씨도 한인 2세로 어릴 때
피아노를 배웠다. 어머니가 "나는 비록 고생하고 농사짓고 했지만
너는 흙 묻히지 말고 살아라"며 딸만큼은 고생시키지 않고 곱게 기
르고자 했기 때문이다. 그 덕분에 대학에서 피아노를 전공했지만
전공 살리는 길이 없어 그걸로 끝인가 했다. 그런데 억지로 배운 피
아노 덕분에 한국 예술가들이 사할린에 왔을 때 러시아어를 통역하
는 등 인연을 맺게 되었다며 웃는다.

　한인 2세들은 부모님과 자신의 이야기를 하다가 어느 순간 눈물
을 보이곤 했다. 조국에서 온 사람들을 만나면 만감이 교차하면서
6~70년 동안 눌러 담았던 슬픔과 한이 평상시의 자제심을 쓸모없
게 만들어버리는 것 같았다. 그러면 그 감정들은 어느새 우리에게
까지 전염이 돼버리고 더 증폭되어 같이 울컥하거나 먹먹하거나 시

　　　　　　　　　　아득한 그리움은 꽃으로 피어나고

선을 둘 곳이 없어져버리곤 했다.

아득한 그리움은 꽃으로 피어나고

버스가 고장 나서 한 시간 반 정도 지체된 까닭에 세 시 가까운 시각에 늦은 점심을 빨리 먹고 가가린 공원으로 향한다. 오후 네 시. 드디어 예술마당 〈아득한 그리움은 꽃으로 피어나고〉가 김성수 화가와 이옥분 씨의 사회로 시작되었다. 풍물패 길놀이와 함께 먼저 서예가 전기중의 서예 퍼포먼스가 펼쳐졌다. 흰 천 위에 커다란 붓으로 "눈을 감아도 꺼지지 않는 그리움"을 거침없이 쓰자 뒤이어 화가와 시인들 여럿이 동시에 글을 쓰고 그림을 그렸다. 정영미 무용가는 강제징용의 억울함을 춤으로 표현하며 관객이 참여하는 신발 투척 퍼포먼스를 벌였다. 전날 만나서 한바탕 어우러졌던 한인 문화센터의 청소년 동아리 '하늘사물놀이'의 타악 공연과 '아리랑 무용단'의 춤이 있었다. 오카리나 연주에 이어서 부포놀이, 설장구, 북춤, 버나놀이, 그리고 한인과 러시아인이 남녀노소 어울려 손에 손잡고 강강술래를 하며 화합의 대미를 장식했다. 러시아 아이들은 특히 버나놀이와 강강술래에 관심이 많아 즐거워하며 무대 주변을 뛰어다녔다.

처음부터 작정하고 공연 관람을 하는 사람들도 많았지만 자전거 타고 지나가다가, 인라인스케이트 타러 왔다가, 유모차 끌고 나왔다가 무슨 일인가 싶어 구경하는 사람들이 꽤 되었다. 공연하는 사람이나 보는 사람이나 흥겨움으로 하나가 되는 동안, 우리의 미래를 보는 것 같았다. 설움과 슬픔이 아닌 흥겨움과 정겨움으로 가득한 시간들을.

저녁 식사엔 바쁜 일정을 쪼개어 주명수, 조성용 사할린 한인 화가가 찾아왔다. 사할린에 도착한 첫날 공항에 마중 나오기도 했던 이들은 올해에 한국을 방문해 김포에서 전시회를 이미 가졌다. 김포에는 2009년에 영주 귀국한 사할린 한인 300여 명이 이웃으로 함께 살고 있다.

예술인들은 건배를 하며 사할린 예술인들과의 지속적인 우의와 관심을 다짐했다.

한인 공동묘지

방문 나흘째, 한인 공동묘지를 방문한다. 이곳엔 러시아인과 일본인, 한국인이 섞여 있는데 그중 일부 구역에 한인의 묘지가 몰려 있다. 유즈노사할린스크 공동묘역 입구에 소설가 한수산 씨가 쓴 글이 추모비에 새겨져 있다.

그들은 이 땅에 살아남았다. 비운의 한걸음, 걸음마다 고통은 켜를 이루었지만 통곡을 희망의 담으로 견디며…… 풀씨처럼 떨어진

　　　　　　　아득한 그리움은 꽃으로 피어나고

이곳을 가꾸며 뿌리를 내렸다. 고향에의 그리움을 가슴에 묻으며, 내일을 살아갈 자식을 길렀다. 울지 말라. 어제를 위해 흘릴 눈물은 없다.

역사에 짓눌리며 조국에 잊혀지고 시대에 뒤엉키며 살아온 세월의 장엄함이여, 고난을 넘어 왕생한 그들의 발소리가 들리지 않는가.

가슴 깊이 간직해온 고향 주소를 차가운 빗돌 속에 새기며 잠든 이름, 이름들, 민족사의 강줄기를 풀잎처럼 떠내려가며 온몸으로 살다간 이들을 기억하면서, 여기 이 비를 세운다.

추모비 뒷면에도 글귀가 적혀 있는데 "기억하지 않는 자에게 역사는 아무것도 가르치지 않는다"가 가슴에 박힌다. 헌주를 하며 영령들을 위로했다.

한인묘지 찾기 사업에서 조사된 강제징용 한인묘는 약 5,000기로, 이 중 약 4,200기가 유족에게 확인된 상태며 2013~2018년 사이에 총 71위의 유골이 국내로 돌아왔다. 이장 비용을 한국 정부에서 대고 여기저기 흩어져 있던 한인들의 묘를 이장해 이곳에 조성했는데 이제 와서 묘를 옮기는 게 무슨 의미가 있느냐, 과거를 기억하고 싶지 않다며 거부한 가족들도 꽤 있다고 한다.

조국은 과연 그동안 이들을 영영 잊고만 있었던 것일까. 일제 패전 후 뜸하게 이루어지던 국내 서신 교환은 6·25를 전후해 끊어졌다. 한국 정부는 1960년대 말부터 국제적십자사를 통해 사할린 한인 송환을 추진했다. 그러나 한소 외교 관계 부재로 진전이 없었고 한국 내 가족들은 연좌제를 우려해 목소리를 내기가 어려웠다. 그런 상태로 있다가 한소 수교가 된 1990년 이후로 모든 것이 추진될 수 있었다.

이옥분 씨의 조부도 여기에 계시는데 어디에 계신지는 모르겠다고 한다. 성묘는 남자들만 다녀오는 풍습이라 와본 적이 없는데 이제라도 조부 묘소 위치를 파악해서 성묘를 다녀야겠다고 한다.

"사할린에 남아 있는 사람들을 안 데려가서 한국을 미워했어요. 그러나 광복 후 한국이 6·25 등 연달아 어려움을 겪었구나, 지금은 그렇게 이해해요. 이제는 한국에 고맙게 생각해요."

조국이 힘이 없으면 어떤 일을 당하는지, 얼마나 긴 세월을 고통과 상처 속에서 몸부림쳐야 하는지…….

그리움들이 정말 꽃으로 피어난 걸까. 묘지 주위에 이름 모를 보라색, 노란색 꽃들이 아름답게 피어 황량하게만 보이지는 않아서 다행이다. "경북 의성군 신평면 중리 안창훈(1927~1974)"처럼 본적이 써 있는 경우가 있고, 비석에 얼굴과 "김상철(1919~1984)"이라 새긴 묘소도 있다. 비석에 망자와 묘주 이름이 다 있고 한국어 주소, 연락처까지 새겨져 있는 경우도 있다. 철 난간으로 구분된 묘소들의 경계를 꽃들이 지운다.

그런데 한인 묘소 가까이에 '일본인 사몰자 합동묘비'가 커다랗게 자리하고 있다. 죽은 뒤에야 한자리에 모여 평화롭게 잠든 사람

아득한 그리움은 꽃으로 피어나고

들. 차마 떨어지지 않는 발길을 옮긴다. 하늘을 향해 쭉쭉 벋은 나무들은 무척 아름다운데 이 신록 빛깔이 왜 이리 서러운 것인가.

전망대와 박물관과 미술관

이제부터는 그동안 미뤄두었던 시내 구경에 나선다. 맨 먼저 케이블카를 타고 유즈노사할린스크 시내 전경을 한눈에 조망할 수 있는 고르니 보즈두흐 전망대로 향한다. 고르니 보즈두흐는 러시아어로 '산 공기'를 의미하는데 해발 600미터가 넘는다. 스키장도 있어서 겨울에는 모스크바 등에서 스키를 타러 온다고 한다. 그런데 오늘은 날이 잔뜩 흐려서 구름 속에서 오리무중이다. 전망대에서 커피 한 잔 마시며 모처럼 한가한 시간을 보내다가 안톤 체호프 책박물관으로 향한다.

체호프 책박물관은 2층 규모인데 체호프의 작품에 대한 설명과 함께 체호프가 사할린을 방문할 당시인 1890년대 수용소 내부를 실제 크기로 재현하고 족쇄 등도 전시되어 있다. 당시 사할린은 유형지였으며 모든 것이 유형수들의 노동으로 채워졌다. 심지어 탄광이나 관료들의 저택 등에서 대가 없이 부려먹었다. 러시아는 유형수를 통해 사할린에 농업을 정착시키고 싶어 했으나 실패했다.

작가 안톤 체호프는 사할린에 3개월을 머물렀지만 현재까지도 그의 흔적은 사할린 곳곳에 남아 있다. 그의 생애와 작품을 이야기할 때 심기일전을 위해 30세에 감행한 시베리아 횡단과 사할린섬 방문을 빼놓을 수 없다. 그만큼 커다란 문학적 전기가 되었으며 인생관을 크게 바꾸어놓았다. 의사였던 그는 사할린에 3개월을 머물며 조사 내용을 꼼꼼히 기록했으며 그것을 『사할린섬』이라는 책으로 발간했다. 우리나라에서는 『안톤 체호프의 사할린섬』이라는 제목으로 번역되어 있다. 체호프는 이 책에서 이 지역을 젊다고 보고 이제 시작이라고, 앞으로는 많은 좋은 일이 있을 것이라고 적었다.

사할린 향토역사박물관은 1938년에 일본이 건설하고 쓰던 것을 그대로 향토역사박물관으로 사용하고 있다. 정원도 일본식인데 흰색 진달래꽃처럼 생긴 만병초에 나비가 앉아 있다.

밀린 숙제 처리하듯 하루에 박물관, 미술관 등을 다 돌아보려니 힘들었다. 마지막으로 간 곳이 시립미술관이다. 여기에서는 새고려인 전시회가 열리고 있다. 『새고려신문』은 사할린 한인 주간신문으로 올해 70주년을 맞은 기념으로 사진 전시회를 열고 있는 것이다. 한러 수교 후 한국인이 사할린에 처음 발을 디뎠을 때 어떻게 생겼나 서로 만져보기도 했다는데 그 당시의 감격이 사진 속에 고스란히 드러나 있다.

2층에는 성화 등 오래된 프레스코화가 있다. 진품이니 모사품이니 설왕설래하다가 결국 모사품으로 판명이 났지만 그 정교한 솜씨에 다들 혀를 내둘렀다. 백 년 된 유화 등도 있었는데 시립미술관에 이 정도 작품을 소장하기가 쉽지 않다는 결론을 내릴 정도로 색채와

아득한 그리움은 꽃으로 피어나고

깊이가 눈길을 끈다. 러시아의 문화적 향기를 살짝 맛본 느낌이다.

사할린을 떠나며

4박 5일의 짧은 여정을 마무리하고 공항으로 향한다. 유즈노사할린스크 공항은 국제선보다 국내선이 더 붐빈다. 공항 신청사를 짓고 있는데 건축 자재를 한국에서 많이 들여오고 있다는 설명을 들었다. 하긴 숙소에서도 삼성이나 LG 상표가 찍힌 가전제품을 보았고 한국 TV 방송도 거의 실시간으로 볼 수 있었다. 호텔 조식 뷔페에서도 미역국이나 된장국, 나물, 김치 등을 날마다 먹을 수 있었다. 오죽하면 현지식을 먹고 싶다고 푸념했을까. 사할린에서 삶의 터전을 일구어온 한인들의 위상을 이런 데서 느낄 수 있다. 한민족이라는 자긍심과 정체성을 지키며 살아온 사할린 한인 디아스포라.

공항까지 배웅을 나온 주용수 화백이 헤어지는 게 못내 아쉬운 듯한 표정으로 작별을 고한다. 한인 2세인 이옥분 씨와 이원호 씨와는 다음에 다시 만나기를 기약하며 헤어졌다.

사할린에서의 시간을 생각하다가, 이제는 말할 수 있을 것 같다. 마이크 들고 추모비에 새겨진 글을 낭독하면서 끝까지 읽기 위해, 눈물을 참으려고, 통곡하지 않으려고 얼마나 애써야 했는지⋯⋯. 이 글을 쓰는 도중에도 몇 번이고 글을 멈추어야 했다. 그러나 우리는 알고 있다. 과거를 기억하되 과거에 발목을 잡히면 안 된다는 것을.

앞으로의 과제도 남아 있다. 행방불명된 강제징용자의 흔적이나 묘를 애타게 찾는 가족들이 아직도 많다는 것, 그리고 영주귀국으로 또 다른 이산가족이 된 사람들은 사할린 동포 2세 이하 후손들의 대한민국 영주귀국 허용과 사할린 동포 후손들의 대한민국 국적 회복을 간절히 바란다는 것, 또한 사할린 한인에게 언어 · 문화 · 전통의 계승과 발전을 지원하는 대책 마련이 필요하다.

사할린은 아직도 상처가 아물지 않았지만 사할린 한인들의 미래는 결코 어둡지 않다. 각자의 자리에서 최선을 다해 열심히 살아가고 있고 앞으로 사할린과 한국 간 교류가 활발해질수록 한인들의 위상이 높아질 것이다. 이 글은 그래서 이렇게 마무리하고 싶다. 사할린에서 희망을 보았다고. 슬픔과 한을 딛고 당당히 뿌리내린 젊은 피들을 보았다고.

아득한 그리움은 꽃으로 피어나고